中国好诗

第六季

编织蓝色星球的大海

邱华栋 著

天津出版传媒集团
百花文艺出版社

邱华栋，小说家，诗人，16岁开始发表作品，1988年被破格录取到武汉大学中文系。1992年毕业于武汉大学中文系。曾任《中华工商时报》文化读书版主编，《青年文学》主编，《人民文学》副主编，鲁迅文学院常务副院长。文学博士，研究员。现为中国作协书记处书记。出版有小说集、电影和建筑评论、散文随笔集、游记、诗集等100多种单行本。他的多篇作品被翻译成日文、韩文、英文、德文、意大利文、法文和越南文发表和出版。

“轻逸”的起跳者

——从风格学角度测量邱华栋

◎ 霍俊明

当今各种科学好像都在向我们证明，世界是靠非常微小的物质维系的。

——伊塔洛·卡尔维诺

写得像鸟一样轻，但不要像鸟的羽毛一样轻。

——伊塔洛·卡尔维诺

有些诗人的诗歌注定是被反复阅读的，比如邱华栋。他 2015 年出版了一本诗选《光谱》，其中收录了我分别写于 2005 年和 2015 年的两篇小评论。

我还曾给他做过一篇访谈，收入其2008年的诗集《光之变》中。如今，他的最新诗集《编织蓝色星球的大海》又即将面世，而这也是我对邱华栋诗歌的再一次阅读……

1.

邱华栋显性的“新生代”或“晚生代”小说家身份已经被反复讨论且仍在持续地热议，这甚至是被不断放大化的“现象级”过程，而作为“诗人”的一面却与“热议”的场面相去甚远。

这种比照阅读之下的反差以及诗人身份“隐性化”并不意味着邱华栋的诗歌不重要，恰恰相反，邱华栋无论是在诗歌体式还是话语方式上都是一个全能型诗人，比如诗歌体式上就有抒情短章、主题组诗、长诗、叙事诗、截句、禅诗、双行体、十四行诗等等。这只是再次印证了小说和诗歌之间功能的差异，“因为，有时候，有的诗就是写给自己一个人看的。”（邱华栋：《我梦见黄金在天上舞蹈》）

在很大程度上诗歌是诉诸于自我精神需求的特殊产物，它并不像小说那样需要那么多的热闹的围观者。这是内在化的命题。诗歌更像是记忆的起点或精神词源，能够始终保持一个人的语言警觉和话语的鲜活度。正像邱华栋所说“写作诗歌是我保持语言鲜活度的唯一手段”，它们精微、锋利、雄浑而又具有穿透力。最初的语言自觉和精神寄主使得一个人不断回到这一起点或原点，而这也是对“诗人”精神原型的一次次复述或塑型，正如邱华栋在本诗集的“后记”中写道的，“虽然我已经长成了一个略带沧桑、蒙尘蒙垢的中年人，但是，诗歌却使我保持了赤子之心和少壮之身，乃至甚或还有一颗少年的不羁灵魂。”

而对于一个写作时间足够长且在诗歌界具有一定代表性的诗人来说，我们可以谈论的方面很多，而其中绕不开的就是诗人的起点和出处。近年来我更为关注的是一个诗人的精神出处或者精神词源，这也便于我们查勘其诗歌风格学中的“变”与“不变”。

说到邱华栋的诗歌起点，我们会重新与 1984 年相遇，与一个 15 岁的少年在新疆《昌吉报》发表的第一首诗作相遇，“15 岁的我小脸蜡黄、坐在天山脚下一座被戈壁滩包围的小城市的小平房里写作”。（邱华栋：《做一棵生长的树》）从那时开始，我们将会看到诗歌在邱华栋这里的“水成岩”的过程。这是时间磨砺中反复擦亮出来的火星儿，是水漫过岩石而不断渗透和缓慢塑形的精神过程。

2.

在诗歌出版已经如此便利的今天，邱华栋仍然保持着一个极其特殊的“诗人举动”——“限量版”的自印诗集，这似乎是为了延续诗歌传播的个人性、独立性和“民间化”的特征。即每隔一段时间，邱华栋就会“自印”一些诗集出来，比如《情何为》（500册）、《石油史》（300册）、《碰到茶喝茶 遇到饭吃饭：禅诗148首》（100册），这是小批量的朋友式的阅读氛围，是黑夜中围着火塘谈话的知己者。

往往是在匆匆人群中邱华栋走过来将这些自印诗集塞进我的手里，这多像是一份秘密的诗歌传单！2013 年的江南，春雨淅淅，在去沈园的路上华栋照旧塞给我一本他刚刚出炉的自印诗集，似乎在迷蒙的雨雾中这本小册子还浑身冒着热气……这使得诗歌重新回到了朋友与朋友甚至兄弟与兄弟之间的信任，而不再关乎任何附加的意义。实际上，多年来，不管这个时代的传播体系发生了多么迅速甚至不可想象的变化，但是一部分朋友之间仍然保持了这种最为原始、最为纯粹的彼此信任的诗歌交流方式。

阅读一本跨越了不同时间段的诗集，我们总会有错动和摇摆的阅读感受，因为这些不同时间和空间下产生的文本面貌差别很大。

你有时被一个诗人炽烈的抒情、自白和情感的热浪推搡着，有时是一个戏剧化舞台上两个声调的对谈，有时你看到了诗人与现实境遇和现代性景观对视或逼视的时刻，有时又在安静的词语和静物般的视界中目睹了澄明、纯粹的灵魂，有时又在象征、幻象和深度意象的精神云图中聆听了复杂内心的闪电……

但是，在邱华栋的诗行中我们又总会遇到波德莱尔所说的“永恒和不变”的部分，这就是一个“纯粹少年”和“精神成人”夹角下的主体形象和精神愿景，“每一首诗中，我都有一枚单薄的果核 / 藏在小小的果实里轻声吟唱 / 你握住它，温暖就会包围我 / 你的梦想就会介入我的身体 / 像一束光把我刺中”。（邱华栋：《果核》）

“少年”和“成人”形成了互补，既是纯粹、自然的又是具有异质包容力和精神吞吐量的。

3.

更为重要的是，邱华栋诗歌话语的语调、句型、情态、节奏、词语重量以及精神构造并不是起重机、坦克或大象式的庞大体量和重力结构，而是带有羽量级般的“轻逸”和“纯粹”特质。而在小说世界中邱华栋却是“百科全书”式的冲击“绝对之书”的人物，一个拳击场上体量超过 209 磅（189.6 斤）的超重量级选手（super heavyweight）。

“轻逸”风格的形成既来自一个诗人的世界观又来自语言的重力、摩擦力、推进力所构成的话语策略，二者构成了福柯层面的“词与物”有效共振以及卡尔维诺的“轻逸”和“重力”型的彼此校正，“世世代代的文学中可以说都存在着两种相互对立的倾向：一种倾向要把语言变成一种没有重量的东西，像云彩一样飘浮于各种东西之上，或者说像细微的尘埃，像磁场中向外辐射的磁力线；另一种倾向则要赋予语言以重量和厚度，使之与各种事物、物体或感觉一样具体。”（卡尔维诺：《美国讲稿》）

在轻与重、大与小、具体和抽象的层面，邱华栋这种风格化层面的“轻型”或“轻逸”的诗歌话语方式确实是比较显豁的，三十多年来他的诗歌几乎很少涉及庞大和宏阔的主题。他的诗歌从来不是艰涩、笨拙、滞重和碾压式的，而往往是专注于日常情境中的轻微而又具有启示性的精神时刻。这是对一个诗人的诗艺和真诚的双重考验。

以此来看，诗歌更近于一场接一场的个人前提的精神“小事件”。这种“轻逸”不是轻视、轻浮、清浅、轻佻、轻柔、轻忽、轻慢、草率的“轻飘飘”和“不正经”，而是严肃、端正、郑重、会心的深思熟虑的“轻”和举重若轻的“轻”，因此这种“轻逸”的话语方式不是能够“轻易”“轻松”获得的，而是需要具有精神投射力和视点的精确性。

在深层经验上，这一“轻逸”对应的是一个人观察事物的姿态、角度以及世界观。

人们越来越专注于现实的大地，而邱华栋则是从大地上轻轻跃起，这时的超拔、出离以及适度的轻逸能力却恰恰获得了不同的认知角度和语言策略——

我是否该轻轻一跃，就将尝到
你草莓和红掌的滋味
那里甜蜜，热烈，显现出盛开的鲜艳
和最终的迎候，那是你的姿势
——《歌：最终的火焰》

是的，邱华栋正是这个“轻逸”的起跳者，他无须后退然后蹬地、猛力地助跑，因为语言自身就是助跑器或踏板，而想象也已携带了足够强大的助推和拉升之力。正如陈超先生对“轻逸”话语的一番认定：“最好的话语方式是，笔随心走，既不夸张，也不矜持，轻逸与温厚融为一体，有如风雨之夕围炉谈心，月下林中漫步，把随兴与雅驯，化若无痕地连成一气。”（《诗野游牧》）

正像卡尔维诺所说的那样，要写得像鸟一样轻，但不要像鸟的羽毛一样轻。

4.

邱华栋试图通过诗歌重新找回一种秩序、记忆和梦想，由此我们看到了一个博尔赫斯式的“诗人智者”所给我们撕裂开的一个个恍惚而真切的时间碎片、生命样本、现实切片以及存在内核。

它们在终极叩访的意义上呈现了共时性的精神命运共同体，而这正是卡尔维诺所说的“轻逸”之道，

“我总想我是否应该像柏尔修斯那样飞向另一个世界。我不是说要逃避到幻想与非理性的世界中去，而是说我应该改变方法，从另一个角度去观察这个世界，以另外一种逻辑、另外一种认识与检验方法去看待这个世界。”（《美国讲稿》）

诗具有另一种逻辑方式，这种逻辑恰恰是通过反日常化的手段而最终抵达本质化的所在，是语言和想象达成的另一种精神事实。这是经过生成和创设在记忆和现实中扎下根的特殊语言物种，正像蒙塔莱所坚信的即使是最细微之物或其隐秘不察的痕迹都代表了精神事实和语言的“道德价值”，而非强加给我们的知识、伦理、教义或真理。

具体到邱华栋而言，诗歌更像是隐喻和象征化的梦想的话语方式，他往往使用近乎“吟述”的方式，他从不避讳“抒情”，但“抒情”是与叙说、描述联系在一起的，即不再是单纯的“由说到说”“为说而说”。诗人注意到“表现自我”和“限制自我”之间的平衡关系，诗人不应该成为单一视镜的“情感论者”或“经验论者”。明晓此义，诗人才能维持个体主体性的原初愿景和精神共时体的命运结构，只是邱华栋采取或依赖的是“世界上最轻的物质——风和云，并把自己的目光投向间接的形象”（卡尔维诺）。这是诗人通过取景框和语言完成或重建了与世界的能动关系。

邱华栋总是能够在日常物象和现实空间中生发

出极度扩散开来的想象能力，而其精神视界极其开阔，而经验总是与超验和幻象同时抵达的。更多的情势之下，你难以区分是“现实”在说话还是“超现实”和“幻象”的现身，二者之间由此构成了天然的融合和对位关系。比如这本诗集的开篇之作《围巾》就是这一诗歌类型的例证——

着陆的希望，是多么可观
编织一条蓝色航线的，是你？
你以前所未有的耐心
将时间缝合，将少女的梦打开
把一个个词，置放在每一道针线中：
生成蓝色星球

尽管“围巾”是任何人都熟悉的日常小物件，但是诗人不断复沓着“编织蓝色冰冻大海”“编织蓝色星球”“编织蓝色音符”“编织蓝色诱惑”“编织一条蓝色航线”的“蓝色主调”，又不断将情感化的词语“欢快河流”“热情”“思念”“热气”“温暖”“拥抱”“喜悦”“希望”汇聚到我们面前。这最终以和弦的方式汇聚成“日常的编织”与“时间缝合”，二者之间是对位、变形、提升和幻想关系，而最终打开的是极其开阔而微妙的精神空间和戏剧化结构。

我们既应该关注诗人已经说出的部分，还要注意其未能说出和不能说出的部分。

诗人不仅要关注现实之物和已知之物，还要对可能之物、未知之物以及不可见之物保持足够的想象能力，这关涉一个诗人在语言和认知上的求真意志，“到处都是消失，是变动的星星的阵容 / 看得见的音乐，以躁乱的节奏 / 在空气中变形 / 我的写作变得迟缓 / 用词也更加具体 / 而先知已经在大地上隐去 / 没有梅花鹿蹄印的痕迹 // 是不是仍旧是唯一的门没有打开”。（《南方水晶》）

是的，在更多的时候我们只是看到诗人在手中将词语不断地编织，但是最终我们发现的却是“火焰的梯子”以及类似于精神宇宙式的云图。里尔克说道：“我们应当以最热情的理解来抓住这些事物和表象，并使它们变形。使它们变形？不错，这是我们的任务：以如此痛苦、如此热情的方式把这个脆弱而短暂的大地铭刻在我们心中，使得它的本质再次不可见地在我们身上升起。我们是那不可见的蜜蜂，我们任性地收集不可见的蜂蜜，把它们储藏在不可见物的金色的大蜂巢里。”（《说明》）词语的边界也正是精神的边界，这印证的是风筝和线的关系，一边是理智、逻辑和常识，一边是感性、激情和想象。这也是从外壳、表象到时间刻度和精神还原的转换。邱华栋的诗歌话语方式印证了当年里尔克所强调的诗人的球形经验，亦即当很多人只是关注了物化现实的浮土和外部世界表皮的时候，诗人却以全景扫描和全息透视的方式，从正面、侧面和背面以及深层结构和驱动机制进行了无微不至的精神透析和剖示——“从看见到看不见，中间曾经是空虚”。（《静物》）他由此具备了与“同时代人”具有差异的目光、眼界和声调。是的，不可见之物更具有本质和原初的力量，而这又是终极意义上人的存在问题，而对不可见之物予以关注的诗歌必然具有记忆和唤醒的功能。

由邱华栋的话语方式，尤其是风格学和精神内质层面的“轻逸”，我想到了陈超先生的一句话，这用来描述和评价邱华栋非常合适——

没有人强迫你写作，我们之所以孜孜不倦地从事这件事，是因为它使我们快乐和心安，使我们感到对生命经验的留恋，并保持对人性秘密的好奇。

2020 年 5 月 10 日改定

目录

第一辑　我应该把你比作什么植物

第二辑 哈姆雷特的请求

第三辑　属于你和我的月亮

第一辑

我应该把你比作什么植物

001

—

063

围巾

编织蓝色冰冻大海为欢快河流的，
是你的手指。把一种热情，织成长长的思念

编织蓝色星球为一条平坦道路的，
是你：

我呼唤你的名字，犹如渴望带着热气的雪花
全部掉落到我的怀中

编织蓝色音符的，是你
你这个织梦者，带着童年的瞳孔走来

被我看见，被我拥抱
把一个温暖的星云围在我的脖子上

编织蓝色诱惑的塞壬，是你
以歌声将水手留住，并在梦中引导他

重新出发
拉着他的手，让他感受相遇的喜悦

和着陆的希望，是那么可观
编织一条蓝色航线的，是你！

你以前所未有的耐心
将时间缝合，将少女的梦打开

把一个个词，置放在每一道针线中：
生成蓝色星球

记住那记住你生日的人

一个人想起了另一个人
一生中的某一天
那个生命诞生的日子
也是时间的刻度
与记忆的停顿

一个人想起了另一个人
一生中的好多天
那些相遇的日子，相处的日子
也是目光和言语的
偎依和缠绕

一个人想起了另一个人
一生中所有的日子
那是生长的过程
如同铁的锤炼
和佳酿的诞生

一个人想起了另一个人
生命中的这一天
因此，谢谢你的惦念
它不会只是瞬间

而是，黄金在想念分离它的矿石
一场大雨，在思念一滴水

请一定记住那记住你生日的人

我应该把你比作什么植物

我应该把你比作什么植物？
比作雪莲花？比作小甘菊，还是花苜蓿？
你纯然的蓝色，纯然的黑色
纯然的白，你比聚花风铃草还要坚韧
比刺头菊还要热烈
比异子蓬还要明亮
比柳兰还容易成活，容易被我所照看

我应该把你比作什么植物？
比作高山龙胆？比作戟叶鹅绒藤，还是五福花？
你热烈的舞姿，清新的歌喉
美丽的顾盼，你比天山翠雀花还要骄傲
比麻叶荨麻还要难以接近
比腺齿蔷薇还要精致
比野草莓还要亲切，耐心地被我照看

我应该把你比作什么植物？
比作中亚天仙子？比作天山羽衣草，还是毛蕊花？
你洁净的梦，被黑色的乌云笼罩
你单纯的红，比山蚂蚱草还要柔软
比簇花芹还要稳固

比裂叶山楂还要醒目
比淡枝沙拐枣还要甜美，并被我采摘

我应该把你比作什么植物？
比作小花荆芥？比作黄花软紫草，还是垂花青兰？
你遥远的呼唤，一声坚定的期盼
使岩石都松动了，你比丝叶芥还要善良
比耳叶补血草还要实用
比林生顶冰花还要柔媚
比四裂红景天还要葱郁，并成为我的明灯高地

古筝

名字里带着火
就不会被迟疑所困扰
琴音里是你的谜语
龟兹音符
重新规划了纷乱的世界
大宋意象
装点混沌的心境
无限的水
有限的陆地
吸引大海在你脚下匍匐
并停止了喧腾
乐音从指间的弦
弹拨出来
那是泉水的清冽和
激越
浪花飞溅
鸟悬停
云在走
而你站在高原

衣袂飘飘
我快步走来
山岳停住了呼吸：
你也不再走开
被我的目光锁定

你飞来了

——仿聂鲁达

乘着一种声音　乘着黄昏
乘着一封书信和风信子花
乘着北方的山风
你飞来了

在松花湖的记忆下面　在红松的针叶背后
在一只纸鸟的翅膀下面
在没有被收割的青草下面
你飞来了

再往下面　在所有的少女中间
在木槿树和玉兰树中间　在点着灯笼的海鱼中
再往下面　直达幽深的江底
你飞来了

在血和酒之后
在火之后　在琴声之后
在歌声和舞蹈之后
你飞来了

在渔网和海藻之后
在头发和郁金香之间

用你那天蓝色的声音和潮湿的吻
你飞来了

越过一座座相似的城市的高塔
越过立交桥　律师楼和大江上的轮船
越过山头的云
你飞来了

经过一座座葡萄园　它里面的酒在增长
通过长长的大桥　像树木的生长
你飞来了

在失踪的渔夫中
在被运河照亮的村庄旁边
在被村庄围住的野花上
你飞来了

在银亮的街灯中
在不断被碰响的酒杯中
一面举起了手臂一面呼喊
你飞来了

越过一座座兵营和幼儿园
越过一条条过街天桥　一双双眼睛
穿着新衣　提着一双忧伤欢快的红舞鞋
你飞来了

越过你童年记忆中的墙
那里昆虫纷纷迷了路
那里还有在雨季中滋生的蜗牛
你飞来了

就在你手上的披肩举起时
就在你睫毛上的露水落下时
就在你的笑声飘扬时
你飞来了

越过你迷恋的花园
青石在河水中流动
你的心不会被它带走
你飞来了

你不在那里　你不会被水泥包围着
你有一个骑手　他还没有找到他的马匹
你飞来了

哦，整个北方的翅膀　哦，我的小仙女
你睡着了就是一把小提琴
你的头发中竟含有这么多的银币
你飞来了

有这么多汽车在追寻你　那不是真的
有那么多死去的蝴蝶　那不是真的

有这么多黑暗中的城市在苏醒，那不是真的

沿途的村镇关闭了梦
张开它们的灯光与纸币翅膀
为了打扫你经过的天空
你飞来了

有一艘轮船在等着你
有一股海风可以被你搭乘
有一阵日落中的蛙鸟齐鸣
你飞来了

有玉米酒　有你和我　有我驿动的心
没有别人　没有街道　没有猫头鹰
没有雨中升空的气球
你飞来了

大湖在你身后，夜里我伏在地上听见你
在一种乐声中飞翔
那让我栖身的京都一片开阔
你飞来了

我听见你的翅膀振动　你那缓慢的飞行
要历时两年之久
在瞎眼的鸽子之上　在雨后的彩虹中
你飞来了

你飞来了　只是一个人
独自留在我的怀抱中
我从此不会让你再孤独
你飞来了　在我的世界中
没有阴影　也不再命名
只有糖果　只有嘴唇　只有玫瑰
你　飞来了

离乡

汽笛拉响
时光开始倒流
你的眼睛里闪着温暖的光亮
偎着我凭窗而望
我的手指沐浴你如水的黑发
你的眼睛里闪过一丝安恬
在一棵红柳招手晃过车窗的时候
两颗心之间，一种透明的音符
叮当作响
你喜欢阳光和雪
喜欢像小鹿一样在雪地上走动
洒一路咯咯的笑声
用双臂拢住我的脖颈
轻轻地晃动
用一束火焰，点燃我们的年龄
你喜欢噘起小嘴
撒娇或假装生气
喜欢在草地上轻快地跑动
你喜欢你的白裙子
像旋转的花
开满小草的眼睛
你喜欢拉着我走，又突然站住

让我倾听天籁的圣音
和远方盲人的歌声
呵，在天与地之间
在山和海的距离里
你和我
铺设没有尽头的双轨
肩并肩
在延伸，永无尽头

红船搁浅

阿拉干的潮汛突然来临
丹丹，冰块已经在春天的手掌上融化
跟我走吧，在死海的岸边
从七个小矮人那里，驶来了一条红船
有一只白鹭，张开翅膀
在阳光的眼睛里浮现

我的手指轻轻弹拨你琴弦般的黑发
你的笑靥之湖轻轻承接我的默然
丹丹，你不要用手去拍它
我怕湿漉漉的艰难旅程的烟雾
会弥漫橘黄色的风景线

丹丹，回声还没有被埋葬
樱桃的红果子，蛀满了冬天的谎言
我们走吧，因为拥有一条红船
到一个地方，那里用黑陶罐盛装湖泊
有几只青鸟，悠然走过蔚蓝的沙滩

菊子

菊子，在夏季你是一枚青果
高悬于葱茏的季节之上，等待着成熟
七月的风吹拂着，你像一只铃铛
快乐地在风中摇响
你属于白鸽的翅膀
在你的手心里聚集着露珠
在你的身后，没有阴影延长

菊子，在夏季你是一朵花苞
悄悄地探出邻街的窗口，等待着开放
你的愿望在洞箫中生长
所有的树叶，还有蟋蟀们
都在为你编织葡萄晶莹的梦想

菊子，你不会料到
命运的蝙蝠群
已经从黑夜那里领了赏
开始在你的头顶盘旋
你像一块斑贝，留在了退潮的沙滩上
太阳陷落之后，一只手
猛然把你从夏天那里夺走

菊子　那一刻你的眼睛里
爬满了蜥蜴和蝗虫的阴影

我还活着，菊子
每年的今天，我都会写一首诗
让它在阳光下慢慢地焚化
我在上面种满了祝福的白蘑菇
在你安居的地方　有一只花蝴蝶
正在悄悄地降落

远方来信

远方的来信　是一条鱼
游进了我久已平静的水域
我的体温　骤然间升高
有暖流　在眼睛里走过

这是冬天的一个中午
一切都变得慵懒而又沉静
落叶在空中吟唱
像层层的往事　淹没着堆积的岁月

此时我已身陷囹圄
记忆的墙　挡住了目光
消逝的声音　重新编织
无法回避的蛛网

有一个身影　在牵引　在呼唤
我不能抗拒这诱惑
在我面前　交叉的小径横陈
我该通过哪条路　走向哪里

远方的来信　是一条船
在今年冬天的一个中午
悄然驶进了我忙乱的港湾

对往事的突围

玲珑的冬天　连谎言都变得晶莹
我在冰雪白桦林看着你的眼睛
雪花像淘气的孩子　在我们的肩头嬉闹
我们的脚踩着吱吱作响的雪地
去看烟火　去看最后一个美丽

春天的声音　唤醒了手和头发
那是一个生长的季节
我们的目光　飘成了彩气球
我们的手　被马的缰绳牵引
风是信使　鸟是愿望在飞

阳光的炙热突然把冰柱融化
灿烂的五月　被装点成神话
你青春的祭典
就是那场大雷雨吗

最红的果子　最容易被蛀蚀
就连彩虹　也会因成熟而萎缩

彗星因斜行而碰撞　因轨迹而背离
秋天那金黄的叹息　纷纷凋落
被风和时间的手指　甩开

在空旷的田野上
我独自痛苦地醒来

黑蝴蝶

五月。阳光如雪铺展在我们冷却的肩膀和发际
我们默然无语。别一种灼热过后的凄清

五月，远山叠起峰峦狰狞突兀冷峻峭拔。
别一种向往。我要去远行

在五月　追捕蝴蝶是个错误
五月里远方地平线红色大鸟沉浮

五月。我的初恋已化成黑蝴蝶
沿着夏天的跑道飞走

五月，最终我和你交互拥抱
随即分手。在我们身后大片草莓熟透

一直奔跑。
一只黑鹰，衔我影子向大荒漠悄然游走。

走廊里的死鸟

这是一个被夏天遗漏的情节。
白色走廊里生长寂静。红色阳光涂抹墙壁
洁净而又安逸。

穿红裙子的女孩通过这走廊，打算走进另一种风景。
穿红裙子的女孩一声惊叫，她俯身慢慢托起掌中一
　只死鸟
鸟安详熟睡。
穿红裙子的女孩沉思良久，在夕阳中变幻成
不同姿态的雕像
穿红裙子的女孩轻轻咳嗽，轻轻叹息
她关闭了通往成年的梦呓。

穿红裙子的女孩脚步声再次响起，杂沓而又沉静
鸟安详而沉静　睡在她的手掌里

穿红裙子的女孩的确通过走廊，进入了某一个季节
穿红裙子的女孩倩影恍惚朦胧脚步之声
喋喋响
镶嵌在走廊的油画里。

事物的联合

阳光被打湿。玻璃。幻想中的鸟
掠过晴空。云和云的语言
一个女孩穿过空气，她握住一滴水
秋天。狗的叫声很白
还有音乐。埃利蒂斯的希腊大海
一束光把城市切割
一群鸟，飘进了梦的水底

提琴倾斜的姿态。邮筒
孤单的歌手。黄昏星指点金莲花
石头里的歌声
水和浓荫一起被秋天剪贴
羽毛。阳光　空气　水
缓缓穿过屋脊

握不住的夜色。透明的铁
雨滴击打女孩的额头，预言鸟群
你和我穿过回廊。瓶胆
被月光所升华
有金属的器皿里
盛装着诗，水草，和我给你最后的情歌。

拈花

拈花人含笑不语
他在季节和季节的连接处翻转一片花叶
含笑不语。不语。

拈花，须手指和手指峰回路转
须心静如钟，让蜂翅停止扇动
须握住一股温馨的风

他若有所思……含笑不语
拈花人拈动花叶。用鼻翼感受一束目光
这目光来自前方一段波动的风景

蓦地，一个轻盈身影在他眼前花树间隐现
他翩然向前，所有的花枝
在他面前缤纷让开
可没有人，只有鸟鸣在头顶滴落

他拈动来自春天深处的花朵
心中升起一个人。他含笑不语
花瓣在他手上纷纷散落

手

很久。很久以来我在寻找一双手

我突然从冰川的舌头上滑下来
注目于一双来自雪莲之上的手

我握住它，我轻轻地
坚实地果敢地，握住它

我们的手牵在一起

我知道，有一种易碎的东西
被我们紧紧握住
我们的手一松
它就会落地粉碎

这就是诺言呵

迎接

在秋天的果实深处
闪动着一种什么样的语言，和光芒
竟让我久久无语

我从玻璃的内部走来
我驻足，我试探，我倾听
一只红鸟，在我肩上驻足

塞壬的歌声混合着云朵
在天空中排列诱惑和幻想

我走进充满镜子的房间
你浅笑轻颦，朝我
缓缓走来

忧郁是一些黑亮的石头

这一天我接近了事物的核心
天空中布满雨滴
布满回忆的每一声呼吸
忧郁是一些黑亮的石头
堆在我的眼睛里
和我心中一条河的两岸

我所思念的人离我很远
不能像我抬头便看见雪线
我们分属于两个季节
在相爱的潮汛里相遇
在盛夏的浓荫下安眠

在属于我的这座城市里
过往的一切都在沉积
就像黄金上的雕刻
因岁月而越发清晰
面对那么多生长的细节
我久久无语，泪流如雨
而桃花早已凋落了七回

没有人看见光的延长
每一声树叶的叹息
也是一个永恒的断言
在这倾听故乡的时刻
我同样在倾听着大地
金黄的麦田，和远方你的心跳

我的恋人啊，离我越远
你就越是迅速地追近

手指插入你的头发

手指插入你的头发
看我的手和水亲吻，嬉戏
看你的黑瀑布在阳光下挥洒
嘤嘤的蜂鸣结满了我的手指
我的血管里奔涌着爱情
这一刻何等壮阔，何等亲密
我的手指插入你的头发
在阳光下，怀念着丝绸和泥土
我们的眼睛里飘满温柔的芦花

我的手里
将不再会有值得炫耀的东西
时间的拖网从手指上经过
我从此被洗劫，被扫荡一空
我所有的表情和语言
如今只剩下唯一的指向
用手指插入你的头发
然后温柔地凝视你，吻你
直到我的手指成为蜡烛
在你的黑瀑布里灭为灰烬

谁能带来漂流船的最后消息
我的恋人　我会从此隐遁
遁入你那一湾黑色的流水
和你深红色的沼泽地，热烈地死去
多少年人们从我身边走过
都无法将我们吵醒

离别

离别是一棵树
思念是它结的果
而那些每天来的信
就像是不断飞来的鸟
待在枝头，又欢快地鸣叫
告诉我你的注视和思恋
我的身体倾斜在夏季里
看蝉声把我的目光装饰
一滴水落下睫毛
睁开眼发觉
果子已全部成熟

离别是一棵树
思念是一阵风
在树枝间呼啸
而在今天，我变成了
一只最红的果实
被树枝高擎入天空
远远地　我只用一句话
切入你浓荫密布的睡梦

你坐在草篮里顺水漂来

我看见你顺水漂来，坚守着草篮
像守卫最后一块陆地
阳光和蘑菇簇拥着你
在这一年秋天
你向我迅疾地漂来

我在高原孤独地败亡了
我黯淡的眼睛沿河而上
突然看见了你，这一株耀眼的植物
在一阵震惊和眩晕之后
我用泥土般浑厚的嘴唇
歌唱金属，诉说朴素的爱情

这是最后被围困的陆地
在长江之滨　在西北高地
这最初的纯粹的水晶之恋
在麦子和麦芒上闪耀着语言
岩石、鹰和玻璃的光芒

吮吸着艰难的流水，在群鸟的天空下
我们互相注视
留恋最后的琴弦

星

这唯一的语言：从夜空指向你
这唯一的指向，全部
被黑夜和思念浸湿
在夏季的居室里
怀抱丝绸，我倍感温暖
一些种子在黑暗里成熟

现在　世界的声音涌来
那是长江的声音　船的鸣叫
那是女贞树叶被阳光穿透的声音
那是你的呼吸声
那是你梦中的灯光和流水声
那是所有恋人祝福的声音
因此我要一举拿下湖北省

最终的星光照亮了你和我
星啊，请别陨落，请别缺失
我们将在太阳隐没的时刻起立
歌颂一个寻找金杯的少年之死
赞美一棵茂盛的黑夜之树长青

七月里

在今天我感到天空如此高远深邃
站在阳台上
我用手指拨弄阳光
想着远方隐现的风景中的你
一阵祝福掠过头顶

我的目光触及天山那黝黑的躯体
和洁白的冰冠
我十分感激这世界，和小小的你
因为你给了我一个宇宙
今天我真幸福
城市的每一扇窗户都在打开
每一对年轻人都走在了天空下
遥远的麦田里，麦子饱满、成熟
密集的鸟鸣响起
这一切明媚而又温情
就像我的所有关于你的记忆

我的生命的根须牢牢地扎进泥土
我是一个远行者
我勤奋、努力、认真，富有责任感
我想和你一起奔跑，一起创造

做两艘船，或是两盏灯
咬破黑暗，冲破坚冰　驶向潮头

我的姑娘，我无比热爱今天
今天使我热烈使我旷远使我无穷无尽
我感到道路和树林都很亲切
空气中蝴蝶在扇动翅膀
还有更多深厚的情话
在被白昼浸漫的泥土里生长

聆听

不祥的大雨，起自秋天深处
我重又独来独往
被十月所装点，一脸沧桑
脚底的痛楚像泉水
源自心，源自一个远去的背影
面对这突临的冰冷
我感到生命多么琐碎
而我和她留下的每一句话
每一个词语
都显得忧郁，单薄和脆弱
重临回忆，我永远珍惜
并且伤痛在心

去年

去年春天，世界咣的一声
季节的幕布就拉开了
满街都走动着少女
她们欢笑，奔跑或者凝视
姿态优雅，令我迷醉

感谢上苍，让这世界充满少女
这阳光与水晶凝成的生物
这晴空下最美丽的鸟群
去年春天她们滑过我的眼睛
我不仅仅感到晕眩
而且知道我已没有了仇恨

穿越了那么多苦难的隧道
我回头张望去年
那时候少女们活泼、可爱
动作矫健有力
让我永远怀念，而且必须伤感

害怕被空气所伤害

害怕被空气所伤害
因此我小心翼翼地生活
和学着恋爱
空气嘶鸣，鸟群惊惶地散开
为了躲避明处的猎人
我因此不停地迁徙移动
和鹿群一样，怅望目光尽头的家园

没有一只鸟能够衔走露水
不拥有斧头，难以砍伐荆棘
也难以收获自身
我知道我单纯、明净、脆弱
在风景之外　我谈着恋爱
拥抱槐树　环顾周围
我害怕被空气所伤害

光芒

同春天一起生长的
是那些明亮的少女
她们都有美丽的名字
喜欢说一些美好的语句
给世界的阴暗部分造成内伤

你在她们中间脱颖而出
你周围的风景明净而且晴朗
使这个冬季完全敞开
面对着这个温暖的季节
我突然感到疼痛
这才发现，多年以来我都因为落笔太急
早已使言语偏离

此时我不敢再在深夜停留
浮出水面，扒开落叶
我知道我已无可救药
被一种光明所加深

今天

她把世界关进内心
让灰尘无法感染
她和你交谈的动作
生动而且鲜亮
不知不觉已使庸常退却

一些词句堆在你们之间
像一条河冲刷出两岸
美丽的时日是一些卵石
已被你们的目光变暖

如果活过今天，我就知道
下一辈子，我将被谁的目光贯穿
在今天我和她猝然面对
不知道是该却步不前
还是焚烧自己，沦陷入海
总之都无法幸免

我口中的一片黑夜

我口中的一片黑夜
我的生命正在被黑暗浸湿
穿行在黑海之上
我的脊背和心房落满乌鸦
为了寻找你！我的妹妹
最终我将难以企及自身

我心中的一片黑夜
深重而又忧郁
就像是沉甸甸的黑金
向世界显现相遇的重量
我赖以生存的光源
我无法从黑暗到黑暗
实施一次绝望的逃亡

我手中的一片黑夜
将全部覆盖你青葱的记忆
我的姑娘！我的纯净如水
明亮如麦芒的小恋人

从一生到另一生
我将明媚地生活
含着黑夜　因为了你
我将歌吟深沉的守护

感激

是什么力量使你生长在人群之中
如此鲜艳，不可抵挡地脱颖而出
像花朵一样摇动宇宙
是什么使你纯粹，让人只能联想起水
让我懂得瞻望明天
让我朴素得就像陶器本身
让我甚至想痛痛快快地
在大雨中哭上一场
你使我的内心
在你的照顾下发亮
是什么力量使我面对你
就像面对着一株美丽的植物
我背负的忧郁
也在你的注视下融化
我只有感激，我咯血写下的文字
粒粒都重如燧石，轻如种子
所有受伤的人在黑暗里拉动琴弦
琴声如诉

作品 101 号

伴随着你的苏醒，春天已经不远
你像燕子一样落向我的肩膀
而我是一条浑浊的大河
横穿你的幻想地带
浑身结满水声和鸟鸣的姑娘
从昨天到今天
我温暖而又明亮
生命中的水流汹涌澎湃，高达十丈

我虽说已经壮年，同时又少不更事
我有点心怀鬼胎，同时又宽怀博爱
作为诗人，我既幸福又苍白无力
你是我依赖的声音和翅膀
你的嘴唇让我变成蝉翼和光芒
我只有振动空气，只有飞向
遥远的海港
从出发到抵达，我将一直接受你清亮的目光

你燕子一样飞满了我的心房
你使我忙乱，和感伤
你飞快地掠过了我的忧怅
医治了我和我影子的伤

小姑娘，小姑娘
我要么死去，要么
和你一起长大，变得漂亮
一起进入安宁和荫凉

作品 102 号

我们隔得不近也不远
一条江把目光切成两半
我比你多活了四年，小妹妹
会领先于你，亲吻到死神的脚面
在我已变得衰败之际
你正在长大，像麦芒一样扎痛了我的视线
你的生命青嫩
幻想和心愿还像露珠一样美满
灰暗的事物在你的面前，还没有彻底展开
因此你显得多么娇艳
像花朵一样开在春天的边缘
你给我的言语清澈而又闪亮
像水流　漫过我心灵的河岸
唉　有什么理由我不看护你呢
我的庄稼　快快生长吧
只是我还要从水和火中分离诗篇
我就是一匹马
在娶你之前，我还要浪游多年

作品103号

刮风的四月我多么忧伤
我的诗歌，我的兄弟，我的姑娘
和我一同离开了采石场

我看见了你，站在油菜花地里
你的头发披散成一块花布
遮住了你青嫩的生命
看见你的同时
我还看见了血是最终的黎明

败退的黑夜，吞噬不了花朵
在返源之途中，你身体中的光阴
教我向大风和炊烟奔去
教我像一株麦子
向祖先手掌中的盐深深地低头

你是被空气过滤的最后一朵月季
你的足音吻遍了石头
在遥远的怀念里倾听你
夏天，井水和我的心灵一同沉睡
我的手上闪过一束唯一的光

隐痛

沉静的年代
我内心没有风琴的深度
我总是在回忆中吹动另一些火种
日子的内部一片洁白
那里充满了剑麻
和石头的力量
我在天空中搜索海葵的记忆
更多的鸟语从身边退去

她把世界悄悄擦亮
她身居少女时代
生命和年龄都洁净得像一滴水
她看见你的时候
世界正值夜半
她把玻璃的质感
铺进你的脚心
她骑着光荣的花瓣
用回声拍打你的窗户
她沿着一束青草上升

她对你笑着

让你和玫瑰一起疼痛

还有什么理由我不接受血液的坍塌

我的身体和一切动作都隐隐作痛

如花的少女

如花的少女
她们的兵器和暴力就是美丽
她们沿着河流生长
她们的话语清澈
如花的少女
把盐和火焰从人群中分开

她们让诗和苹果充满香气
如花的少女把手伸进雪的杯子
和马车一起抵达阳光深处
如花的少女唱着歌曲
樱桃温暖着她们的手心

如花的少女用花瓣袭击我
她们声东击西　用笑容砸晕了我的头
让我在蝴蝶里生病
牢记她们　并且怀恨在心

询问

什么时候　你的杯子开始朝我倾倒
夏天里你的村子满地黄花

你让雪豹不唱歌
我看见鱼和水分离
在你的手指倾诉下
石头都收割了翅膀

在你的肩膀上
漂流过的草篮载满忧伤
我们一同梦见了月光下的谷仓

姑娘姑娘
在音乐的青藤下我攀缘而上
风吹在脸上
你活在夏日钢琴的键盘上

我们一同被相互的注目晒黑
比白昼更清纯
这一个夜晚谁会是最好的妹妹
谁会是明亮的新郎?

轻些，再轻些

轻些，再轻些
不要吵醒兰草
不要让泪水比空气更沉重
轻些，再轻些
不要进入鸟巢中少有的安静
不要叫番红花比吸铁石更冰冷
没有什么比雪包裹钢铁更轻
舌头离开了钢轨很疼
没有什么会比你和我血液里的话
更重
没有什么会比我们的注视更深情
像告别不存在一样

水上的村庄

水上的村庄
大水淹不没月亮
明亮的少女
要做新娘

妹妹妹妹
海是你的头巾
风吹上山冈
红的都是高粱

水上的村庄
村庄上面是太阳
比太阳更亮的是黑夜
和黑夜一起变黑的是马匹
受伤的骑手在歌唱

美丽的姑娘
害怕被花瓣和青枣击伤
骑手走过你的时候眉头低得很低
声音却更嘹亮

渗透

你悄悄地渗透进了我的生活
比三月的风掠过花朵
还轻柔
你是月亮的一滴泪吗
你就像水和空气，进入和催发火焰
让我无法再在稻田里延伸幻想
处处都是你的堡垒
你的气味和你的影子
这一切足够唤醒我一千回！
有多少海潮，将会因你而澎湃
这涌动的激情无穷无尽
没有声息，但包容一切
你用在黑暗之中铺开的根系
围困了我
你用海水不停地拍打我的礁石
你切割我，使我发出了金属的回响
你是我全部的后援！让我期盼
而又无法企及
此刻谁还会消灭大海上的波纹
和我因你而激越的呼吸
我只有倾诉
在病痛和风暴一同来临的季节里

我决不熟睡
是你将使我成为锤，或是最柔媚的流水
我要么成为桥，连通你
要么洗净面容
成为最后一个上路的士兵

拥抱

和你相拥到天明
啜饮早晨的第一杯水
亲吻耳边的灰尘
看岁月如何擦伤了你
不要惧怕羊群和玫瑰
不要回望沼泽地边的马匹
明天的风在更远的地方吹着
你的头发轻扬
眉头却很低

和你相拥到天明
到下一个分离的日子
在季节的夹缝里
我悄悄地照亮你
内心培植花朵
而又不动声色
只等到一阵小雨
打湿了树木的耳朵
我和你，这河与岸的影子
不会被黑夜浸湿

飞越河流

在火焰和天空中　谁两手握满了绸缎和金币
凌空飞翔
长发披肩的风景
大地柔美的颤动
普照万物的水和晴朗的笑，这一切
是谁叫我渐渐接近生命的核心
美丽和质朴的陶罐
瓷器上的光　钻石显现的力量
又是谁叫我抓住这时光
把耳朵贴近你轻柔的嘴唇
听你诉说寂寞，和内心深处的甘露

劈开自己和河水
和你一刹那的相遇灿烂无比
你安详而又漂亮
簇拥着你的是青草和阳光
一种疼痛从此诞生
从此长在了我身体的内部
使我受伤，使我仰天歌颂太阳
歌唱生命的朴素和壮阔

天上的果园和地上的谷子
这一刻，更远的大河汹涌澎湃
在九月的石头里我疯狂地燃烧
你和一滴水一同居住在我心上
我看见河流飞奔，大地和鹰铺开阴影
怀揣秋天　我期待着
暴雨和钟声一同降临

末日和故乡

我的头顶是天空
天空下面是玫瑰，是风
是尽善尽美的二十一片叶子
比宝石的光芒还冰冷，还清澈
生命的相遇是偶然的吗
是谁叫我在这一刻复活
以大海奔涌的速度
向着你飞行
我无可逃避　看见你的同时
我知道我已没有了末日

朴素的香味弥漫
你叫我陷身于无穷无尽的奢望
叫我忍不住想在天花板上
舞上一场
我温柔的内心
那花朵们的小手
也不再被冬天冻伤
我活得明亮有力
步态坚实，一回头
总是看得见你和故乡

月亮女儿

月亮女儿你不说话
你不是神
你居住的平原上不开花
星星缀满了你的前襟你不说话
你的身后大海汹涌

你的身后大海汹涌
头顶是天空
天空上面是蔚蓝和日珥
歌声把我锯得很深

歌声把我锯得很深
碗里头是血和水
靠近你的是石磨
粮食吱吱作响，被碾碎
月亮女儿你望着少年
不说话

你让我亮得很深

第二辑

哈姆雷特的请求

065

—

133

让她住在最高的山上

让花朵漂过她的头发吧
让她的掌心握满了风
让她住在最高的山上！
让她接近天使，头戴花环
让她听得见鲸鱼的歌唱
所有的道路都指向她

最高的山上远离尘土
最高的山上接近了云
让她被金子一样的视线覆盖！
让我轻轻吹动花蕊
更多更美的钻石在她手指上碰响

山下的河水和山上的太阳
最美的姑娘和大地上浪游的马匹
让她坐在最高的山上
接近血液的大海
并被我的注视暖暖地包围

呼吸

这一个夜晚你好吗
你一定呼吸得很轻
比雨滴的碎裂
更轻灵
你是在雨里走吗
这会儿我正在灯光下写诗
用每一个词来测量你
你喜欢一个人在夜里待着
比月光还宁静
这会儿没有别人了
你一个人哼一首歌吧

要是你已经睡着了
就不要怕梦见鹰巢
是如何敞开在悬崖上
你总是在梦的结尾
回到你的少女时代
很多的叶子覆盖住你
你是其中最青嫩的一枚
你笑着探进半空
和灯光磕碰
直到把黑夜推进了黎明

你只管轻轻地生活着就是了
用不着瞻望
远方总会有一个人
内心里点燃蜡烛
在想念中等待天亮

发现

我在哪里发现了你
生命绝对不是
无止境下坠的过程
马匹和骑手
也决不在黑暗里飘向更远
我们留在沙滩上的鞋还在
脚印也决不会丢失
我奔向你的姿势
笨拙、质朴而又响亮
等待你伸出双手
把我的身体稳稳接住

形容

背水而立，你的声音无比滋润
今日，黑夜的大海洋生生不息
我的祝福也无边无际

你，我的阴影，我的玫瑰，我的知更鸟
我梦中的梨子，我的救生圈
我的蜡烛和手电筒
我的超现实主义的房间，我的大提琴
我的小城堡
我的火焰，我的呼吸，我的减压舱
在你那里居住着我永久的爱
和我每一天的节日

迎风而立，你的背影切割了我的光阴
你，我的黎明，我的泉水，我的北方
我的标本，我的红辣椒，我的赞美诗
我的大木马　我掌纹里的小石子
叫我钻心地疼痛
我的长翅膀的吉他
我的手镯，我的白桦林，我的大地和拖拉机
我的小剪刀，剪去全部多余的话！
我的白昼和思念全部被你的目光染黑

我的空气，我的 1000 瓦的电灯泡
我的大木船我的小河流
让我们温柔地漂在水草里吧

擦痕

我不和你说话的时候
你显得很安静
你的眼睛里　掌纹中
有山冈　有更远方的空旷
你甚至能听得见那些马蹄的狂奔
你告诉我你听到了
我故乡　那北方的马群
在一个清晨的疾驰　那一刻
我们相视的笑容多么默契
你和我就这样进入了
对方的生命
——那一道擦痕，比黑洞更深

最轻的触动

最轻的触动　是风中的花朵
是花朵上的露珠
是羽毛跌进大海
狂暴，面向深渊而又无比幸福
仿佛最柔软的歌声
铺过早晨的羊群

那个时候你刚刚苏醒
睫毛上散发着青草的香气
那最后一枚黑夜的碎片
在你的手上轻轻滑开
发现我的同时
你和我被阳光一同推进了黎明

我们都心存感激
面向江水，背后是山林
大地在树木的根下面延伸
壮丽的火焰在地壳和心的最深处汹涌

我的歌喉是不败的黄金
托起花朵，走过白昼
南方之北的马　是我们的坐骑

让它们像一阵狂风
吹散我手掌上凝聚的乌云

没有任何一声雷鸣
比我和你相互的注视
那样的触动更重，也更轻

赞颂

这样的夜　那么广阔
连飞鸟都在流逝
犹如暗云铺开在草原上
种子轻轻叩碰琴弦

我的歌不是歌，是无边的寂静
比远远的海滩更为辽远
而一个少女叫我俯身
在今天捡起她的海贝
那海贝每一枚都闪耀着
她年轻的光晕

从鸟到高山，从溪水到穿过
你生活着的这座城市的道路
那样多的阳光都在跳跃
这明媚的香气叫我沉醉
而唯一的孤舟，如何在今夜升帆
成为大海上又一次海难

那里生长着青葱的梦，鲜花与爱
流水和火光混合
让我牵着你的衣袖

一同在宁静中收集来自高空的赞颂
那声音沉郁辉煌
像第一日，上帝用手在光上面张开

反修辞

如果你是二十一世纪的一只手电筒
那么我就是大海深处黑暗的道路

如果你是闪烁在绿叶上破碎的光
我就是水，从你的身体内部照亮

如果你是流动的沙
那我就是反复梦见火焰的岩石

如果你是我睡觉时还在飞翔的嘴唇
那么我就是沙滩上做梦的鱼

如果你是天空中的花朵
我就是腐败的根，拒绝在历史里向光明投降

如果你是飘荡着的脸
我就是无边无际的空气

如果你是纷乱的思维，和闪电的纠缠
我就是你背后长大的土堆

如果你是生生不息的鸟叫
我就是铁的声音，打算和你浇铸为一体

如果你是梦
那么我就是马，顺着你的头发以吃草的方式围困你

如果你是女敌人
那么我就是你的男朋友
以血来和解，以死来埋葬玻璃杯

如果你最终将逃离我的掌纹

身在井中

比风还遥远，比水的波纹更深
在井中我们下沉
下降到记忆和少年的深度
那时候你青葱鲜嫩
比黎明和梦都更清纯
你是枫林的女儿，琴的妹妹
我看见你沿着井壁盘旋
而我在井水中低语
歌或笑都是天使在云层中的回声

在井中相聚，我们的语言不会潮湿
而青苔是延伸出的花纹
井壁的声音是岩石的父亲
这时我们停止旋转，抬起头
少年时期的鸟掠过井口的天空

在井中相聚，你和我都鲜艳如梨
更多的飞萤包围着我们
我们悄悄生长，口衔黑暗
盼望上升，到达井口
那里将是白昼的高度

这是我们唯一的方向
钻石和长大的光亮
我们飞速攀缘在岁月的绳子上
猛然跃出井口，在广阔的青春中消失
比鹿隐没在自己的影子里还迅速

重聚井中，所有的言词都抵挡不住寂静
所有的歌都不如哑了的喉咙
我们是两枚水滴，离水最近
下陷到单纯最深
没有一丝浑浊的风
能够把我们和井水带走

歌：最终的火焰

河流带走了水源
鹰带走了马的奔驰与梦想
最初的芍药染红了天空
那么你，小巧的一朵木槿花
可是在夏季河马高声的喧哗中
沿着铁轨和闪电
闯入了我的城市和梦中的画布？
告诉我，每一枚槟榔上都染有日子的光晕
那么你，骄傲的小母马
奔放的一支歌
你是在什么时候才被两只喉咙唱响
才被草原上的云朵带向金银花？
我的声音中不含有黄金
目光中也不含有含羞草
那么，每一句话就是一块红罂粟
把昨天和六月一同压弯
那么，沿着你的眉毛向下
我是否该轻轻一跃，就将尝到
你草莓和红掌的滋味

那里甜蜜、热烈，显现出盛开的鲜艳
和最终的迎候，那是你的姿势
一些诺言，在我们心里犹疑
又在血液里坚定

果核

每一首诗中，我都是一枚单薄的果核
藏在小小的果实里轻声吟唱
你握住它，温暖就会包围我
你的梦想就会介入我的身体
像一束光把我刺中

我全部的欢乐都已被你席卷
彩虹向西，所有美丽的话都在飞翔
令人痛惜的仙人掌，扎痛了养花人的手指
大风滚滚，传来你的消息
在黑夜和暗影里我默默诵颂

倾听或者沉思
让血高烧三十九度
沉睡的妹妹，请你醒来
拨开覆盖在你脸上的睡莲
递给我湖底里一个新鲜的春天

盛大的黎明，不朽的中午
以及无边无际的白昼
每一个日子都是庄严的轮回
你慢慢地和落叶降下
额头织满忧伤的鸟鸣

我无法穿过坟冢中的黄昏
我握住你的小手　已经死过一次
推开漂浮着的黑暗
我们将头探出水面
遥望坡上的红狐狸，悄悄地把拥有怀念

收割

最后一个夏天被收割了
山坡青黄着脸
把前额递给了阳光
当夜晚来临，纺织娘齐声歌唱
一首乐曲来自草海的深处，若有若无

热烈的蚌，死在了贝壳里
这样的秘密我从不向你倾吐
衰老的玛瑙，我从不用来装饰你
我递给你瞳仁的是一面湖
幽深宁静，湖底里生长着两种歌声

大雁来自高空，脚步却延伸至谷底
你藏在我的指甲里，像小小的土壤
被我用微笑培育
像一种苔藓　使我的手指温柔多情

火车呼啸而去，玻璃从石头中诞生
信任的速度提升，从浑浊到透明
让我们用手掌彼此依赖
迎着风，沙子也迷不住我们的眼睛

花

天高云淡
广阔的是大地
飞鸟下降
歌声在飘散

你的皮肤是我的地衣
你的身体是我血液里的河流
或者流动，或者燃烧，或者生长
死与爱只有三个方向

两朵小花
开在地上
那里可曾是我们相遇
和嬉水的地方

不要停留，不要让时光
打湿我们的嘴唇
是雨水在招引
忘掉白昼连接黑暗
逃离围剿，进入甜美的怀抱
我们命中注定一起在梦中飞翔

风暴的滋味

你来的时候带来了整个夏季
让我尝到了风暴的滋味
我的嘴唇上有黎明的果酱
和青草手心里的风
你的身后排列着云的幻想
那都是蔚蓝的　甚至天空
都是以闪电来做鸟的翅膀

你叫我在苍凉的大海中裸露
像礁石，站立在英雄沉船的地方
年轻的妈妈在河边上唱歌
给我带来了家的幻想
可我生活在遥远的事物里
我能看见山顶的众神
在为丰收欢呼和庆典

我走的时候带不走昼夜的更替
衰老的父亲仍在山上眺望
我离不开你胸脯间的问候
在那里，我能够啜饮到夏天
对红樱桃的叮嘱

那里每一刻都回响着依恋
告诉我夏季里繁盛的事物

落果都摊开在阳光下
气球却顺着空气上升
我忘掉手中使我疼痛的种子
而你背向我奔跑着走开
广阔的大海上没有船
我看见你重又回转身
拥入我怀，成为升起的帆影

十七颗水晶，十七朵玫瑰

瘦弱的花，令人痛惜的花，那是你
开在四个季节的边缘
你从来都不曾走入夏天
那个火热的幻境
能够把飞鸟的翅膀融化
没有任何一眼井水，比你的
眼睛更为清澈和幽深
我的表白使你石化
谎言的触角像章鱼在收缩
我像是一个没有长大的玩偶
在麦当劳餐厅吮吸困顿
我笨拙得像一只邮筒
在这个夏季，穿行在校园
和巨大城市的摇滚乐的转换间
我们都无法安放游走的身体
让它发出催促的铃声
而你，和我并肩飞跑的母鹿
最终消失在人群的遮蔽里
那大海一样的生活，把我们
席卷在八月的森林中
你只身一人去了南方
远离父亲的亡灵，肩膀瘦削耸立

手里攥紧了流浪，穿行在
大城的内脏中，听见齿轮转动无情
希望努力上升，不被社会的胃消化
不被工作的喉咙呕出
然后从生活的肩膀上一跃而起
重新成为新的鸟，新的人

中提琴在睡着

你侧着身体犹如
红色的中提琴，睡着
那旋律绝不死亡
音符和美梦
都一同被琴弦缠绕
我是一匹红眼的大马
从黑夜的手掌上探出头来
注视你的睡眠

你像是一只蝴蝶
铺开在黑暗的绸缎上
你迷人的珠宝
全都以耀眼的方式
展现给了我的嘴唇
我的口中含着火，数着变化的心跳
我的烈火般的灼烧你
让记忆成为一片殷红

船帆起起落落，海的潮水往复不停
让永恒的石头和液体填满
我们的身体和虚空
这是何等美丽的时刻，你

睡着的红色中提琴
琴弦拉动，你和我
面对的两段白色波浪
不会把欲望交付给死亡
生机和爱情让我们深深自溺

星光

这星光，运行于天庭
这黑夜，展开在深渊
离乡的人
不要握住百合
月亮烫得我胸口疼

月光一跃，如同跃入大海
星移斗转，世界在运动
我仰脸祈望奇迹
夜里没有回声

而我嘴唇上热望的名字
带着香气的星星
我眼睛里飞跃的精灵
今夜我不会睡去
呼唤群鸟，黑雨落在夜空

阳光在喊

鸟群凌乱到达，而后离开
羽毛与流云混合
你顾盼生辉
小巧的手掠过空气
阳光在喊：
“你们，你们！”

我们都是奔跑在原野上的野马
你和我交颈而立
感悟岁月中的沙子
我们交互喘息，采集到了血液中的黄金

那是我们的相遇
信赖深植于肩头和目光中
我们心地善良，皮肤柔软
期待一同穿越沼泽地

流云与星辰变幻
大地灯火明灭，萤火虫飞逝

你和我奔跑如飞
接近了终点和隧洞

阳光在喊：
“你们！你们！”

移动或静止：以湖水和树木为背景

和你的相遇如同面对一汪湖水，你的宁静幽深
和清丽明快一瞬间击中了我，让我体会到了利剑
穿透身体，我的语言一刹那被烧破
我的手势不可逆转
甚至火焰，和钢盔上的星星也都喑哑了

你是一株秀丽的兰草，根植于
南方山地蒸腾的灵气中
你的话语是掠过空中的羽毛，是塔顶鸣响的风铃
你的眸子里有泉水的声音
让我的左胸回荡着马的嘶鸣

以湖水为背景的风景，水为树林所环绕
而你木秀于林，安详的鸟飞越安详的黄昏
你看不见你自己，我听不见我
我们接近的方式和速度如同静物移动，最终没有了
距离

大风

无边的潮水在眼睛里涌动
心中居住一个人
你的面孔明亮地升起
敌人的旗帜在视线中消失

大地漫延着退后
马匹的方向指向牧场
路过的河流里大船在漂流
我看见了一个舵手在沉默

坐在火车的座位上
如同坐在时间之箭上
怀念着你，靠近着你
我要飞速抵达你的手心

途中的群鸟喧腾
我手腕上的金属表也在飞奔
我的火车驶过一座座城市
我的来临对于你是一场大风

吃冰的人

吃冰的人　以火热的嘴唇吃冰
吃冰的人　内心火热
没有钟声
手上洪水泛滥

吃冰的人　以吃冰的方式
表达感情
吃冰者不惧怕透明和寒冷
他咀嚼冰块　用手捂住左胸
那里一座雪山　穿透肋骨

吃冰人行走在冬天
脚已接近夏季的屋子
吃冰人吃冰　眼睛冒火
打算陷入你的冰雪围困

十四行：低语与手势

那么，我无法不响应你的召唤　你的手指
拨响了我的琴键　我的额头轰响着鼓声
我悄然从冬天的风景中跃出，成为乐器
拉动我吧　让我重温你的旋律
你的体温，你的脉搏　没有飞鸟
我们的目光就能把晴空托住

细细的低语掠过花朵，那是风的手势
我拙于表达
只能以脚来丈量距离，让内心涌动潮水
让灯更亮，让大船绕过暗礁
让死亡被水晶推开
让我宁静地倾诉，让我诉说风暴的核心

所有的舞蹈都围绕着你，所有的名字
都是你的名字，犹如沙中之沙，相似而又万粒归一

围困

在黎明的风暴里　你带来了大队的云朵和士兵
让国王和棋子一起围困我
行走在沙子和土堆上
鼻子闻不到月光
我的手摸不到城堡，枕头和针线
我听见金盏花长在骨头里
声音沉郁清幽
你交给我被晚霞封好的密信
以及树木里花纹的波动
让我把头颅轻轻靠在
丛林里的野兽身上仰望月亮
在河岸边，你和水草的影子走来
让我感受到盐和头发的呓语
你说出轻的飞鸟，如何捕捉空气
我在采集你手指甲下的蔬菜
你让马匹和小兵
一同走入月光下的粮仓
和平的舰队到达　而离去时不惊动潮水
那么我的心跳会像鹿群离开
你握住酒杯　把睡莲和笑容植入
我轻轻地跳进去
听见歌声和水下的火焰在逃离

我色彩斑斓的情人
屋顶上的灰瓦和猫　烟囱里的蝴蝶
捉不住石竹花和海葵的手
在后花园里　我因为你甜美的气味而入睡

警觉

你渐渐由警觉变得纯粹
像墙壁上的一束谷子，干净、漂亮

并且，真实和期待
让我看见你内心的青稞
你的心是一只蜂鸟
在软弱的天空中
不动，静止于云的岛屿

你走过的路
树叶醒来　许多木屋打开了窗户
松果坠落，我在倾听舞蹈者的曲线波动
空气中有什么在震颤

我对你坚持一种呼唤
我永恒的鱼，是否激动在你的阳光里
巨浪卷入白雪
鸟类十分安宁　白头翁轻轻钻入乱石

我的眼睛，将成为庞大的马群
我吻遍兽类，像是一个牧师
我在空旷的暗影里站立

是的，我是期待你的
你的手像两条鱼
现在藏在我手掌里
你要游走，我的手
就有了岩石的裂缝

云

我在为你带来的声音
而烦恼万分
我的心几乎被杂草生满
钢铁和机器逼近了我
我听到了它们急切的喘息
这是野兽来袭

但是云　有时会让雨
冲刷城市和我
我听见尘土褪下，我渐趋于透明

“云”，你用手指着半空
雨已下过，云的飘过构成了新的布景
我们站在一起，神情寂静
“黑云”，你说
我听见喧嚣已在云的消失中变得空旷
我们一厢情愿　呼唤彼此
犹如期待成熟的苹果

我说：“红云”
沉默的鱼群在我们的嘴唇上游近

女人与树林

斧子砍在树上　声音空洞
一些鸟坠落
思念是亲切的
门走进空的房间

桌子上　玻璃杯中无水
一些指纹荡漾着你的体温
春季来临

我从不想念苹果　这你喜爱的水果
在树林里　鸟不断地起落
此刻　你在何处谛听

我因此穿越了整座花园
黄昏飞越安详的树林
燕子闪光一跃　姿势清纯
你听，大雨弥漫，疯狂的花香在合唱
而你，宁静地照耀所有的花

鸽子

你的飞逝
你的消失和夕阳的下降
你飞动的弧线和你的羽毛抖动空气
鸽子啊，类似小小的心脏
在无限的透明里
为妹妹跳动了一生

诀别

呀——这田野比大地还来得干净
比心脏的跳动还倾斜很多

诀别　轰起了白雪和乌鸦
并把星空还给了黑夜
连续地奔跑，走远
背影不会被井水留住

咿呀——这诀别比点灯还来得悲伤
比稻麦倒地还快速
我想起是石头垒起了身体
在我的土壤里
你生长过两个四季

在田野里你被暮色带走
这诀别比泪水更重，更深！

哈姆雷特的请求

让我离开！离开这些
在高坡上掩埋的人
他们的身体全都高过父亲

让我离开
城市里烟囱下的马匹
让我含着苜蓿花沉沉睡去
在她虚幻的脚步里
成为过去的沙砾
那是我捉的蝴蝶在把空气追忆

什么都别留下　你采摘婚礼上歌曲的手
也停下来
都来推开水中下沉的钟！
都来在泉水里洗净你们的衣裳
都来打捞昨天死在风中的姑娘
她已沉睡，她曾经说：
阳光比火还冷

奥菲丽亚

奥菲丽亚　手中握着鲜花
在水中漂动　触动了鱼的睡眠

奥菲丽亚　王子的小镜子
藏在王子的胸口　但现在
睡莲已将你碰伤

奥菲丽亚　梦见星光的女人
你是不为了惊动鸟巢才
成为开在水面的菖蒲吗

即使你小巧的乳房
也成为泪水的石头和秘密

你不下沉　也不上升
让天使和魔鬼从两个方向惊异
让王子他找不到家　找不到道路
找不到血中的盐
让他在疾风中把双眼蒙住！

黑天鹅

黑暗的颜色，黑色的鸟，适合于水底的飞行
你带来了水的纹路，和玻璃中柔和的火
冷却的火，以及冰中的花朵
你其实比黑夜稍亮一些
在瞬间让我把惊异收住

黑色的鸟，同样是黑色的郁金香
摇曳在浓郁的温存里
用一声呼唤，用四月的一缕风
进入我的沉默
这是比雪的融化还柔美的过程
那样甜美的气息让我沉醉

而你自然和黑夜共生，如同梦境中的树枝
从阳光的背面伸进白昼
带来了大雁飞翔的消息
我无法围拢这黑暗，这黑色的战栗
那是你在空气中优雅地俯冲
递给我最纯的销魂
和将被漂白的黎明

白天鹅

看得见的鸟　白色中的白色
最明亮与最黑暗的
在河流停止的地方
被银子的声音吸引
闪电的倒影向我击来

我经受不住这诱惑
这是今天，一个在孤独中浸泡的日子
我在诗歌的红铜城邑中碰壁
却一直想用额头来拒绝

而那看得见的天鹅　水中的水
最华美与最朴素的
令人怀念的翅膀
划过幽暗的湖泊之镜
连死者都停止了悄悄议论

而我，一个深夜中的旅人
为你照亮的水域所引导

我看见那里有九颗星

每一颗都比另一颗亮

那是方向的方向，那是目光的加速

向着你纯正的洁白飞快地靠近

沼泽

黑夜里的玫瑰是不老的玫瑰，激情的沼泽
把他紧紧地包裹住，不能呼吸

泥浆深处的震颤，映现在深夜的镜子里
琥珀里封存着火焰，蜂鸟的舌头啄食他的全身

火焰同样封存了他逃脱的挣扎
营养胚胎上是细菌的舞蹈和繁殖

尖叫和告饶，是来自肉体内部的回应
心脏的巨钟被敲响，宣告欲望鼠群的逃离

花瓣被击落在他身体的树下
原罪的蘑菇繁盛在他们即将背叛的森林

呼喊

夜的呼吸中有血液的战栗
风琴的声音将北方席卷
广阔的澄澈击伤了我
我无法用风把我自己收紧

你是夜的女儿，却戴着忧伤的王冠
荆棘的花冠，长满了倾听的木耳
装饰着野鸽的心跳
哀伤飞逝的蒲公英已经逃离

黑夜和你共生，如同另外一枝花
从手上深入叛逆的夏天
光亮已经全部被海水吸收
最后的鱼都要在湖底沉睡

谁将会吵醒我们，金枝已被火焰锻打
在墙的另一面，谁在谛听
时光整齐的刀刃，必将收割我们
谁把呼喊深深地种植在我的口中?

南方水晶

南方有不同于北方的美丽事物
听啊，白色种马在大雨倾盆中疾驰
在更远的地方，一场大雪在飘落
你的声音是真实的，比裸露在荒野的石头
还要孤独坚硬

而到处都是消失，是变动的星星的阵容
看得见的音乐，以躁乱的节奏
在空气中变形
我的写作变得迟缓
用词也更加具体
而先知已经在大地上隐去
没有梅花鹿蹄印的痕迹

是不是仍旧有唯一的门没有打开
沉痛的凝视
是我必须的坚持

准时抵达

去年的最后一天，我的货船
装载着我的言辞，我的忧郁与赞颂
从南到北，归向了你手掌的深港
仿佛是一个梦，醒在了
第一个黎明的前夕
一只雪豹，死在了攀越雪山的一刹那
它那耀眼的斑纹
和太阳光混为了一体
这是一个象征：远航的船
终将在期待中抵达目的地
没有中途抛锚，没有迷失航向
从冬天到夏天，从高山到大海
我的诗篇，是迟到的身影
成为你新年的第一个秘密

紧接着我听见钟声响了
鸽子照例会飞起来，在雪地上
我一共踩了三千个脚印
每一个脚印都陷入了热情
和我要馈赠的空气
而你也在期待着更大的变化
出现在你的生活中

如同坚硬的果核
都会成为种子
你内心的翅膀和绿荫
肯定会覆盖我的梦

火焰的梯子

火焰的梯子上，我尽量攀登
你的声音是绳索，你的
脸是天空，引导我上升
这是所有果实的话：
来吧！来吧
一些石榴裂开了衣裳
鲜红的籽核是你向我敞开的秘密
可这火焰的梯子，无穷无尽
伸向黑暗中的黑暗
有时我看不见你，有时我停止跃升
我的口中衔着你的一丝秀发
我爬啊爬，黑暗中断了梯子
北斗七星在闪烁，生命中的疼痛
比沙子的繁殖还复杂
在这火焰的梯子上攀缘
你的目光是水，你的笑容是粮食
你是我唯一的路标
在黑夜里我向上遥望
你是上帝的一句话
天神手里的一朵花！

三月八日

全世界的女人都在今天休息
我独自在工作！
把向你的火焰
在嘴里吹旺

全世界的怀抱
都拥抱着亲人
我独自拥抱虚空
这是丝绸和空气的气息
在三千公里的风中
我们互相想得发疯！

这是数不清的翅膀在飞
而你的节日却是安宁
好好睡吧
不要被打铁的声音吵醒！

于我这却是特别的一天，
我在劳动
而阔大的忧郁

使我在迷失的森林中穿行

挖掘属于你的词汇

和我最新的盟誓

内心的秘密婚礼

内心的秘密婚礼
一次南北向心的返归
这时身体里的脏器都要脱离身体
全部的血液都从血管里涌出

这大地版图的中心地带
一颗心冲撞着，另一颗心在加速跳动
没有语言的乐器伴奏
天空是热烈的，它忽云忽雨
细碎的鸽子飘散在长江江面上
我们来回穿梭，保持沉默
战栗还没有开始，而仪式已经在进行

内心的秘密婚礼，不是肉体的简单相遇
在沙漏中，两粒沙的命运终止于瞬间
沙的命运就是加速流动，而仪式正在举行
婚礼！婚礼！上帝赐予的节日
这粮食在今天被悄悄入仓，没有司仪
内心的秘密婚礼
在我们之间举行

三月，三月

在三月，最甜蜜的守望也最残酷
而距离是我们亲切的敌人
三月里日子是水中的石头
它的缓慢滚动已使我们瞬间变老
但在整整一个月中　我们其实都更年轻

三月，疯狂的三月
秘密的信件里鸟群覆盖了天空
没有一点空闲和其他棉花
把我们填充，只有思念
我们满溢得比潮水更丰富

三月，三月里每一天都是一整年
每一句话都是一辆火的战车
在桃花盛开中很多手臂在欢呼
在推动我们走向春天
这离我们最近的深渊！

四月

是春天，而不是春天的闪电
把我带向你的嘴唇
那里所涌动的话
全都朝向我的耳朵　可春天它不会敲门
春天它说：要有雨
于是，一场雨
使你的周围变暗，使我的世界发绿
四月是残酷的，它还没有开始
就已经结束在今天，这是清明节
四月的车轮燃烧着火
把亡灵在今天唤醒：
出来吧，以新生的名义
去为一对恋人祝福
然后你们再继续睡去！
因而今天，是死亡的戒指在瞬间
发亮的日子　这是永恒的钻石
闪耀在最短的闪电中
亡灵的掌声使幕布拉开
我们上场了
从此，我们在永生中相伴而行

稚嫩的秘密

我再一次触摸了星光，触摸了星星
黑夜比空气纯净
我的语言烈焰熊熊
星光抚摸我的头顶
我可以听见它流动的声音
这夜空下宁静的一隅
是怀抱守护唯一的角落
你的声音让我迷醉
而诞生在星光中的
将是不死的朝霞
我一身火焰，一身香气
在星光中和你相拥
我要和你一起回忆晴朗的城市
并养护我们稚嫩的秘密

大海中的岛屿

海
岛屿
我们没有看见岛屿
或者我们就是岛屿
在海中浮游。而帆
我们也看不见，海鸥
没有在海风中倾斜翅膀
没有船向我们靠近
我们自己靠得比任何时候都近。

你就是一段波浪
凝固在白昼里，涌动在黑夜中
和我一起追逐浪花
这追逐是水与火的追逐
它的开始，是大河的消失之处
它的涌动，使海参与珊瑚
牡蛎与青蛤，使海螺也不得休息
使城市在天空下
变得更蓝，更干净
使你的眼睛能够记住这一切：
记住哥特式的小教堂
德式的红房子，信号山的灯塔

海边拾海带的人，记住
大雾在风中卷动，轮渡上的人们
和急促的汽笛声，记住
高坡上的老城区，它在夜晚来临的时候
变亮，记住青岛
这个名字，她像飞鸟一样轻灵

我当然把你看作一只鸟
我迎候你，在机场
等待的凝视中看不见飞机降临
它晚点了，据说是家常便饭
天黑以前，我看见了黄昏和飞机
降落或者掠过天空
黑夜已经降落下来
大地荒凉的气息上升
我听到了飞机愤怒的轰鸣
如同可以辨认你的形貌
在一万个人的身影中

你是海岸，或者是一艘船
在青岛，你承载我，使我安全
使我向另外一个地方泅渡
是你在挣扎还是我快要溺水？
当然我们谁也不会死，也不会长生不老
只有一同老去，死在对方的温存中

这温存没有阴影，只有
厨房和火苗，只有大海，只有
我们在浮游，却从不停歇

这激情涌动是海浪的节奏
是海浪的声音，咆哮，是它冲刷
岩石的声音，如同你冲刷我
使我裸露出大地之根
海，我们看见了它，它野蛮生动
躺在阳光下，从山脚延伸进一片空茫
渔船是黑色的星星，它的散布
使海水变得具体
使我们的皮肤变得柔软亲切

黄岛也是青岛吗
我们走在金沙滩
退潮的海水吻我们的脚
我们乘坐木船走向大海的纵深处
大海带给我们辽阔的蓝色

你的笑容里有盐和信任
有小麦和杜鹃花，有迎春和八重樱
有蒲公英和郁金香，有小鸟
有小螃蟹，海带，如此丰富晴朗
使我的身体渐渐变蓝

青岛，青鸟
张开了你的翅膀
我们在你的怀抱中走动与说话，眺望
吃海鲜，你的羽毛拂动我们的呓语
大海的梦在无限地铺展
没有语言，只是睡眠
海
岛屿
其实没有岛屿
但是有岸
每天都是新的一天
晴朗的，大风的，多雾的，阴云的天气
每天都在变化
忽阴忽晴，忽云忽雨
没有过去，没有未来
我们只被今天留住
那颗照耀我们的星星
始终没有从夜空出现

宁静

我极其喜欢你的坐姿　你坐下来
就进入了一幅画，如同从不刮风的湖泊
是镜子的另一面，使我无法窥探
我常常想到了宁静的魅力
它为何使我喜欢
如同每一次看见你，都要跌落井中
被寂静的水所包围

你从来都是安然的
坚韧而又牢固地坐着
这是你的风格，
如同一粒石子投入湖水

我在飞向你，我跌落在你的脚下
我要进入你的暗影
哪怕这是一幅画
我也要成为你最喜欢的颜色
和画布合为一体
这就是宁静的后果，一种颜色
混合了另一种颜色

从而使画面起伏，使世界生风
使画笔停下来，裸露出了艺术女神
真正的面容

砂中的女人

砂中的女人　因时间打磨
而变得清晰明确
这是塑造的过程
在沙漏中把一种关系固定

砂中的女人　渐渐清晰
是蛹中蝴蝶的诞生
在记忆中展开翅膀
在大地上布下婆娑

砂中的女人被河床牢牢记住
你只有一个名字
如同时光不断倒流
你将被我的嘴唇反复提起

花歌

就让我把这些百合花打开吧
让我看一眼它的秘密
然后我就会牢记一个奇迹

就让我把烟雾在麦田上散开
丰收之前，请你把喜悦聚拢
应答一个秋季到来的回报

就让我讴歌我唯一的青春
在时光中我穿过被连在一起的夏天
取回来一件夜的礼服

这礼服上挂满海星，和花的梦境中的枝条
你亲切的容颜在花开花落中
为我求证：年年花相似，岁岁人不同

你，采云者，骑着花瓣来叩打我的窗户
来为我的花园作证！来升起一面旗帜
热爱所有的果实，并且成为种子本身

消失

我爱你，是为了在你的爱中消失
你黑发似夜，而我是穿越夜晚的飞鸟

为了发现大地，我钻进你的皮肤
你香味在我的头发中缭绕

我们游动在身体里，我发现了喷泉
它把我们的身体发动

让一枚山竹打开，甜美的果肉呈现
这袒露，使我收获了一颗心

依偎是可能的，因为一个男人
总要依靠在一个女人的臂弯中

一个字，消失在所有的字句中
一束光，重现在白昼的诞生里

我看不见光，只有光的消失
没有夜晚了，只有你亮如白昼

我消失在你的微笑里
而你在我的目光中浮现

第三辑

属于你和我的月亮

135—201

冬眠

在冬天所有的种子都应该沉睡
大地是空白的，它在休息
在丰收之后怀念耕作
在空虚的地力中积聚繁殖的力量

你是云层中挤出的一道闪电
让天空分娩出一阵疼痛
这个季节没有雨，雾霾足够使我们惊慌
我们没有睡醒，晨光中连鸽子都睡眼惺忪

天空是虚无的，而大海上到处都是链条
没有船帆的影子，我们的嘴唇上还留着飓风
整个南方和北方，在浓雾中喘息
紫荆花正在开放，它的红色已经不是红色

它是别的颜色，是你的颜色
在楼厦间我们是飘动的树叶
内心空茫，充溢着浑浊的液体
使我们有了一个秘密

在春天里也要哀悼死亡
种子不能继续生长

我们不是新娘和新郎
不能为新酒的诞生欢呼

我没有看见你，在深渊一样的黑暗中
氧气渐渐少了，你死于窒息
你是一朵冰花被阳光收回
你渴望见到光亮，你的四周全是墙壁

但现在鹰已经把你带走了
我梦见过你，也描绘着你
你是阳光下最好看的植物
还试图解答黑暗中光线的朦胧

但我抓不到你的手，你是一个幻影
突然出现，又消失了
你的衣裳在哪里?
你的氧气袋和救生舱在哪里?

你的小小的降落伞在哪里?
在黑暗中，你停止了游动
也许在深水里，在土壤中
很多年以后，我们会再次相遇

那里有色彩斑斓的虫子
和颜色鲜艳的鱼卵

还有形状万千的雨云
使我的记忆中有了生命

那是我们都要到达的地方
因此，任何出现与消失
都将重归于沉默。暂别你！
我把冷僵的肩膀深深低垂

只有一个方向

只有一个方向：你

没有被嘴唇留住的火种
只有被留住的心
固执的飞鸟只为飞翔生长翅膀

只有一个词根：你

你给大船准备了河流
你给啄木鸟准备了森林
你给相机准备了风景
你给喉咙准备了歌声和呼吸

只有一个女人：你

如同只有一个姑娘，好妹妹
被花朵所不断追忆
只有一种亮光
只有一种铁，在磁极中顽强生长

只有一个方向：北方
只有一个你，只有一种芳香

冬天里的三只燕子

冬天里的三只燕子，是昨天的燕子
也是明天的燕子
和你一起生长的还有明天的河流
我愿意变成你的影子，和另一个声音
变作一只大鸟，为了你而拢紧翅膀
我看见了未来的果实长在浓阴深处
如同昨天的话，将在明天的书里成熟
你像一枚刺深深地扎入了我的身体
这是疼痛与欢欣，这是呼喊与血液
是月季，是低语的蔷薇
是比黎明还亮的花朵
这是孕育忧伤的年代
如同所有的黑暗，只有寂寞与宁静
像是另一种飞鸟，衔走了全部的哀愁
如同我口中的黎明
却是最初的花，像你，
像没有影子的燕子
掠过海洋上的闪电
在大地上的居所，我将一直
把你永久照看

在瞬间收住呼吸

生命的相遇突然洞开
一朵花在阳光下失血
河流都瞪大了眼睛
深渊就在我身上，在我手心里
下坠啊，在记忆的旷野上
火车飞速地把最先离去的人带走

年复一年　我们走出了春天
这生长的季节堆积在身体中
我们回到出发的地方
从一个梦，回到另一个梦
从青年，回到童年
从一片云回到一滴水中
回到安宁
在那里我们再开始凝聚
眺望岁月流逝深处的水银
期待一次次的重逢

火的夜晚

你火焰一样的心，火一样的眼神
火一样的名字，
无数个变形，
在我的眼前飘摇
让我开口歌颂造物主
使雾一样的世界成型

你的声音比泉水还要清冽
你的身影比柳叶还柔和
你来了，你又走了
你穿着黑色的衣服消失
和黑夜融会在一起

火的夜晚，火的白天
都属于你，都在你瘦削的肩膀上
都属于你的心，你的身体
属于你的语言
它像天籁一样在我的耳边回响

是什么样的相遇让我感到惊讶？
让我感到有雪莲在我眼前开放？
是什么样的击打使我震撼？

使我在等待了七天之后
重新使自己燃烧？

无数个名字都是一个名字
无数朵火焰都是一朵火焰
那都是你，都是你一个人
在夏天里开成最美丽的优菠萝花

因此，我要赞美这夜晚，赞美
把天空还给我的天空
因此我要把蔚蓝带给你，让你回到白昼
重新绽放成银色的火苗

所有的名字都是一个名字，
都归于唯一的火
内心之火：你的明丽

电影：朗读者

你说，把灯光打暗些，再暗些
你说，把浴缸里的泡沫弄得再多一些
多到覆盖了我们全部
只剩下了头颅，在呼吸中互相凝视

你说，给我朗读吧
给我朗读一些词、句子、段落和诗篇
我期待你的声音响起来
因为你是我的朗读者

我变成了一个朗读者，在浴缸里
我朗读一个故事的片段，那是别人的故事
一个德国少年和一个比他大很多的女看守
之间的爱情，也正在我们之间发生

你说，把灯光调得再暗一些
暗得只能剩下你的眼睛
你的声音，你的轮廓，你的眼睛，你的头
你是我唯一的朗读者

我们在浴缸里，我们互相守望
守望声音，守望幻想，守望彼此的伤痛
守望不存在的和解，守望种族的分界线
以及希望的灯塔，能够映照在你皮肤的海洋上

属于你和我的月亮

属于你和我的月亮
是你洁白的双颊
它在我的呼吸里闪耀
并让我成为一朵红云

属于你自己的月亮
一共有两朵，左右对称
皎洁，明亮，阴暗，跳跃
在我们之间布下了陷阱

“我是火，我的胸前也有火
你不要把它夺取，它会烫手
让你的手心变形
成为残缺了故乡的地图”

你的月亮，我的月亮
是你洁白的双乳，在我们之间
奔跑成白兔的模样
让我看见白雪在纷飞

现在，属于我们的月亮，两个月亮
多么美，不只是这一个夜晚
还有更多的时日属于你
我们一起啜饮这黑夜里的甘泉和月光

大海

第一次看见了大海
她忽然感到震撼，激动和迷离
在阳台下面，大海展开了
它丰富无比的宽阔
她无言了，眼圈发红：
“大海里面好像有一只手在拉我
向她的深处走去，在那海天连接的地方
你看，你能看见什么呢
你仔细看，凝视那里，不要闭眼睛
你会看见你过去未曾看见过的东西”

于是，我就凝视深海
我看见了两艘船的身影
在苍茫的大海上消失
我看见了海天并没有成为一色
而是清晰地有一条亮线
把大海和天空分开
在无比苍茫的远方
分布着一种神秘的虚空

“我能看见你们都看不见的东西
在大海的深处有一只手，我说过了

它企图拉我进去，它很强大，力量大过你
这是我感到游移和徘徊的真正原因
假如我向大海走去，希望你不要介意”

我看着她，我想也许随着时间的推移
大海终究不会伸出那只手
来拉她，因为
我已经把她的手拉得更紧
无法使我们分开

害怕

你害怕黑夜，害怕一个人在房间里
你想象各种鬼怪在身边舞蹈
如果你坐在椅子上
你会想象椅子的后面
有一个男人要蒙住你的双眼
如果你躺在那里，那么床的边缘
那一小片黑暗的区域，可能就有
不知道是什么怪物在喘息
一个孩子会注视熟睡的你
一声不吭
你害怕橱柜、洗手间
害怕椅子、床头柜、台灯
你害怕窗帘、中央空调
和各种声音
你说：我害怕了二十多年
你不停地说：我好害怕
我好害怕，我好害怕
但是你到底怕的是什么
你告诉我，你到底怕的是什么形状
你没有说话，你的眼睛已经告诉我了
你就是害怕黑夜本身

心

她的心灵是一个风暴区域
浓云翻滚，电闪雷鸣
她的心灵是一眼清泉
清澈透明，容不得半点沙子
她的心灵是一汪神秘的湖水
里面有不知名的生物或者怪物
她的心灵是梦的集结场
在风的翅膀上让想象飞翔

我能够体验到穿越她心灵
的难度，如同飞机遇到湍流
在剧烈地颠簸和摇摆
仿佛世界末日的降临
她的心灵是一个看不透的世界
被爱所充满，所染色
并向她周围的世界投射巨大光亮

她的心灵里有一片黑暗
在那个不为人所察觉的地方
很多蝙蝠在翻飞
她的身体是一座宝库
但她的心是其中最美的部分

是无法被切割的天然钻石
是一朵晶莹的雪花
凝固在透明的血管上

她的心灵是我的镜子
在镜子中映照的都是我的善意
她的心灵是一座花园
里面奇花异草茂密地生长
奇香阵阵，浓郁而弥漫
她的心灵是一片均衡的银河
在这个冲突的世界面前
势利、媚俗、狭隘和丑陋的人
都将不得靠近

满月

如果月亮是满月，那么
你还能看见月亮的什么
看见月亮上的环形山？
看见月亮上被陨星撞击的大坑？
看见我们传说中的
嫦娥、小白兔、吴刚和桂树？
你说你看见的不是这些，是另外的东西
是你的灵魂在那里翻飞
可那不是你的命运
月亮是那么的圆，那么的大
就像你不愿和我分离的愿望
我们共有了这枚月亮
在属于我们的同一个时空中
月亮没有阴影，只有光明
局部的黑暗衬托出背面的洁净
它像是一面被磨光的铜镜
照彻世界，照彻所有的卫星
也照亮我和你的脸
我们可以共同来观照月亮
思念彼此，默默地念对方的名字：
即使我们相隔八千里
我们仍旧能够看到对方的身影
在月亮的镜子中栩栩如生

思念

你是怎么思念我的，在你的母亲身边？
你是怎么期待我的，在你的枕头旁边？
你是怎么呼唤我的，在你的梦里？
你又是怎么想着和我相见，在你的渴望里？

我知道你在思念我，因为有月亮为证
有大海为证，也有你留下的一双鞋为证
你盼望着再度来到我的身边，
就像手和脚那样不再分开

我也很想你，思念你
我知道你的处境，知道你在做什么
你去父亲的坟前，和父亲说话了
你看见了他的灵魂，像一股风
把你的头发吹起来了

我们都互相想念着对方
在今年，在这个并不太平的年月
在这个秋天，十月，果实都成熟了
而我和你的梦想，才刚刚成为胚胎

你从你的世界奋力地奔向我
以一种不可思议的方式和速度
奔向我，而我也应该
张开我不再游移的怀抱
把你拥抱，递给你一杯水

小白人

路过故宫的时候，他告诉她
晚上千万不要去故宫
上次一个朋友请他进去住一晚
结果他看见了
故宫里的小白人
有一米多高，晚上就出来活动
在红墙上和地面飘动
向他伸出手来要拉他走
她就有些害怕，她害怕
任何她可以想象到的东西
这一天的深夜，他忽然被她弄醒
她贴紧他，有些哆嗦
他问她，你怎么这么凉
她拉开了窗帘，对他说
你看，在对面的房顶上
站着一个小白人
正在往这里看呢
他定睛一看，原来是下雪了
这个冬天的第一场雪
就这么覆盖了一切
对面屋顶的一个小烟囱
也被白雪覆盖了

看起来真像一个小白人
傻瓜，那是下雪了
下雪了下雪了！他们都笑了
然后彼此抱得更紧
就像是两个小白人

远离

是你远离我还是我远离你?
是现实的距离还是心灵的距离?
使我们互相离得越来越远?
这不是一个能够坚守的时代
谁都没有力量抗拒时间的侵蚀

因为世界一直在变，时刻在变
而你想像一条弧线那样
划过天空，曲线美丽
但那是不可能的，曲率会改变你的轨迹
质量大客体也会吸引你和我
这两个行星偏离轨道

我们都在运动中，都在迷离中
谁都无法最终确定对方的位置
不是我们没有信心，是信心告诉了我们
相反的结果：我和你究竟会怎样
一切都很难说
不是你不好，我不可爱
是日子像虫子一样
把可能性咬出了洞

那么一切就顺其自然了
顺水推舟是最好的，
假如一切皆有可能
就让那可能性
发生在明天的事件里吧
在这个寂寞的冬天
我们都在孤独的寂寞中
把自己的语言默默温习
就像是相隔很远的两座岛屿

安静的房间

安静的房间　没有你的身影
你离开了　去了哪里
这里只留下了空白的时钟在走动
但时针分针秒针
都停止了

安静的房间　空旷如原野
原野上的乌鸦
如同寂寞大片降临
安静的其实是死亡　而你
已经在空白中隐藏

你还在那里　在沙发上
在椅子里　在洗手间里
在书房中，在阳台上
在走动，在说话，在笑

你不在那里，你不在沙发上
不在椅子上，不在洗手间里
不在书房中，不在阳台上
没有你的说话声，笑声
也没有你的影子了

安静的房间
安静得仿佛你从来都不在这里
安静的房间里你已经离去
留下了一只大玩具
和我一起在安静的房间里静默

安静的房间　储存了记忆
那像猫一样鲜活的生活
共同的生活却逃跑了
安静的房间，不安静的是心
是我的身体
在呼啸而至的孤独中
被巨石击倒

我又梦见你了

我又梦见你了
在一个清新的日子
我们和好了　并商量了
和好的细节

我又梦见你了
可见我多么盼望和你
在一起把缘分续接
我们和好如初
像一块打破的镜子
又黏合起来

我又梦见你了
你的脸明媚如月
你矫健地腾越，舞蹈和旋转
那些罅隙与争执都不存在了
那些芥蒂都烟消云散了

在外地的第一个早晨
我又梦见你了
我梦见你说你的忧虑

你的开心，你的抱怨
你的顾虑，你的郁闷

我醒来了，感觉到这梦
就像落在手中的雪花那样清晰
然后就迅速融化了

隐隐的痛

隐痛是骨中之刺
在肢体内发作
隐痛是风在血管中爆炸
隐痛是针在心脏里跳动
突如其来，如同钟鸣
隐痛是藏在心尖上的战栗
表面上看不出来
喝酒的时候，大笑的时候
说话的时候
安静下来读书的时候
夜深时，白天喧闹时
或者是刚刚起来的清晨
那隐痛就如同野狗一样
突然袭击了我
而这隐痛的消失
也像袭击成功的野狗的逃窜
隐痛啊，内心的钉子
何时我才可以
把它拔除

我们还能不能回到原初

我们还能不能回到最开始的地方
在那里，我们是两个新人
像世界刚开始在我们面前展开
像一朵花正在开放
像一只鸟刚刚张开了翅膀
我看见了你，那么明亮
像我唯一的、唯一的新娘

我们还能不能回到最开始的地方
在那里，我们是两个孩子
单纯得如同一粒沙子
或者一条好奇的鱼
在清澈的水里激荡
你看见了我，那么健壮
像你唯一的、唯一的新郎

我们还能不能回到最开始的地方
在那里，风在为我们歌唱
而树木都在为我们生长
我和你，一个棒小伙和最美丽的姑娘
张开了期盼的眼睛把未来张望
前面是什么都无所谓

我们一定会互相搀扶
走在路上，要走到地老天荒

我们还能不能回到最开始的地方
在那里，我拉着你
你跟着我，我们走在大路旁
说着，笑着，是真正的一对儿
把路过的风景打量
把手紧紧地拉上
你心里是我，我心里有你
我们站在一个地方
我们走在一条路上
我们还能不能回到最开始的地方？

耐心

你用心地、耐心地
擦拭那把铝壶
清除水垢

你耐心地、一丝不苟地
擦拭那把铝壶
花了五个小时的时间
把那把壶的厚厚的水垢
清除干净了
水壶锃亮
像是一把新壶

你的耐心让我折服

站立的男人

生活坍塌了，我还站在那里
一个人站在那里
没有倒掉

伴侣拆散了，我还站在那里
一个人站在那里
品尝孤独

记忆抹平了，我还站在那里
一个人站在那里
陷入沉思

关系解除了，我还站在那里
一个人站在那里
依旧牢靠

我喊

我喊着你的名字：
燕子燕子，燕子
我喊着你的名字

在我微醺的时候
在我被黑夜浸透的时候

燕子，燕子
我喊着你的名字
我听到的只是我自己嘴里的回声

燕子，燕子
你飞在黑暗中
带走了所有的翅膀
把我放在了空旷房间的中央

我喊着你的名字
我渐渐被睡眠的泥沼吸食

悲苦

悲苦的感觉是夜晚醒来的时候
感觉自己一个人在无人的荒野上踯躅

悲苦是，是想大声喊却无法喊
想跑动却迈不动脚

悲苦啊，悲苦是有苦难言
是无话可说的难受

悲苦的感觉是嘴里弥漫着苦味
没有一颗糖可以把甜蜜唤醒

八大处

我问：西边的好地方有哪些？
你说：香山，八大处和植物园

已经过了看红叶的季节
今天香山上的红叶全部隐藏在秋天的无边萧瑟中

我说：八大处，八个好去处，有八座寺庙
你说：对，那里香火缭绕，正被下午的阳光温暖地
　照耀

我们去吧，我们去
我们去吧，我们就去了

我们漫步在山林之间，穿行在一条下山涧里
泉水已经没有了，可这个冬天依旧有着丁冬声

那是背水人的身影，他们努力地在岩石的缝隙里
用塑料壶接水，还说：“这水治病，这水没有毒”

八大处，有八座寺庙，我们就进去了一座
然后就爬到了山顶，看到了北京西部开阔的景色

楼厦渺小了，街道不见了
雾霭飘散，我揽着你的腰说着我们的事

看那城市像转盘一样地在转动，像地衣一样在生长
而我们彼此在靠近

然后，我们低语，呢喃，我们拥抱着
感到落日渐渐地把寒冷带到了我们的皮肤里

罗马湖

罗马湖和罗马无关，和你我有关
它的左边是罗家庄，右边是马家庄，因此得名

罗马湖像弯月亮一样包围了我们
在黑暗里它自身在闪闪发光

冬天的湖边清寂无人，只有我和你
在餐厅里静静地就着烛光就餐

这是一个时间的截面，一个记忆的瞬间
在这个时间段里，我们安静地彼此凝视

我们说话，我们的话语像活跃的鱼群
在我们的眼神和嘴唇上游动

我们待了多久？待了像罗马建成那么久
又像一滴水落下来那么短

离开餐厅，黑暗像棉被一样覆盖了我们和星光
远处的车辆刺过来一道炫目的光芒

你和我像逃离湖水的鱼，来到了空气中
只有风掠过树梢

人鱼能跑到哪里？我们能离开水多久？
没有人告诉我们答案

吃石榴

我们一起吃石榴，我给你剥
你给我分，到嘴里
那些饱满细碎的石榴籽
带着甜甜的，酸酸的味道
在融化一样，和坚硬的果核分离
出果肉，然后被舌头压榨
成汁液，顺着喉咙
流下去，浇灌我冬天的心灵。
这是在我的生日，阳历的
生日这一天，我们一起度过
这美好的、阳光洒满了大地的一天
这一天和其他的日子
有什么不同?
我很难形容，关键是
和你在一起，加深了我对这一天的
印象，就像我们在一起吃石榴
它那么的多籽，生动
怎么剥也剥不完
一层又一层，逐渐地显现
那么多的石榴籽，密集地
紧紧地偎依在一起，然后
被我的手整齐地剥离

就像我剥开包裹你的
坚壳般的伪饰
露出来你饱满的内心世界

酒窝

你的两个酒窝
像两只小小的杯盏
盛装着什么呢
是细碎的欢乐
还是阳光的暂停
两个小小的酒窝
装点了你的脸颊
那么的生动鲜活
就像两朵小花
开放在你的嘴边
如果装了一点美酒
那别人一定想喝
他还想顺势吻你的嘴
那里有没有清晨的滋味
这就是酒窝的妙处
带有着橄榄林的风声
可你的酒窝闪现又消失
被你的坏情绪带走了
我天蓝色的记忆
转眼之间就被
你拒绝的海沟所吞没
现在你的脸上没有了酒窝
我的心中，也下了
一场真正的暴雨

小仙女

天使在降临，在一个冬日
和雪花一起降临在赛特商场
之后，我们去吃了四川菜
这是仙女下凡后的第一顿饭
有些辣，是微辣
但你已十分开心

而我是一个水潭
照见了你清澈的影子
我早就知道你的秘密：
你是一个仙女，你很少进食
你仍要和雪花一起飞舞

甚至重新飞入天空
每一年，你都要和雪花一起降落
为的是和冬天一起消失

你来了，那是春天的消息
注定不会被冬天保留
我感到了风，它的无踪可寻
我看见了沙的流动
看见了水的变形

我看见了羽毛在浮动
你给我带来了颜色、水流、盐分
和鹿的腾越
你的消失是我看不见的
因为，我已将你留影
留影在我的夜晚
在被针尖进入皮肤的一瞬间
我的尖叫和疼痛中

相爱的人是相同的火焰

两个相爱的人是两段相同的火焰
他们的肉体带来了雷电
两个相爱的人还可以是波浪的睡眠
在燃烧中，在融会中，被梦和风越带越远

火焰般的身体不带来任何消息
它们是树根生长在夜的深处
纠缠着，拥抱着向大地探询
养护着一个最大的秘密

我所说的相同的火焰
就是我和你，
大地上的两个盲目的人
一男一女，一同把一座秘密花园守护

如果我们真的是火焰
我们一定是一体的，白亮或微暗的火苗
在火焰中，你看不见我
我也看不见你，青铜色、橘红色

我说过我们是相同的火焰
在火中，所有的火焰是一体的

相同的燃烧腾跃着相同的激情
相同的思念牵动相同的身形

那是我们的舞蹈和拥抱
旋转、跳跃和腾飞
在燃烧的激越中
把身体和心灵烧成琉璃

夏天本身所开的花

松花湖上的风
肯定和北京的不同
不同的还有飞禽和天气
所有的鸟向东
你一个人向南
而我独自向西
这样的旅程
在这几年已多次发生
我经常梦见你的梦
那时候你还小
是一个小姑娘
在一棵树下睡眠
那么恬静　没有人来打扰
在你生长的地方
我见到了你已见过的风景
在你所经历的夏天里
你就是夏天本身所开的花朵
如此清新与娇艳
在大地上脱颖而出
这是极其动人的一瞬
夏天本身所开的花朵啊
靠着北方的暖气
我能否让你安稳一冬？

我果然梦见你了

我果然梦见你了
梦见了你家门外的一棵树
和你全家的亲戚
他们都在欢迎你
这个冬天的北归
树上全是雾凇
天地一片洁白
屋外很冷
一个穿红衣服的少女走过
就像惊鸿一瞥
我仿佛看见了你的舞蹈岁月
瞬间的叠加
你有一点忧郁
但你是快乐的
你的内心深处
那里有一片幽深的水域
只有你能听见它的回声
树木仅仅是影子
人如流云
这风景是纷乱的
就像天下没有不散的宴席
你的伙伴们全都远了

远了　淡了　变了
你在担心一些什么
可离别终要发生
我看见了你眼睛里的风
却触摸不到它的泉水
我果然梦见你了
我们一起离得很远　又很近

夜晚的诺言

因为有了你
在夜晚　我就不做忧伤的人
我也不会飞翔
被黑夜带向黑暗

在夜晚　涌动的全部是潮水和泪水
它在一种节奏中保持了童贞
并被我的手掌围拢
为了你　启程就会抵达

在夜晚　沉默的是海岛
和岛上的海妖
而我将为你再次出发
英雄们的船队不会被星星留住

而大地尽头的闪光
那是降雨的消息
要结束我们孤单的日子
带来一个个簇新的清晨

这是夜鸟的聚会
全部的夜莺在我们的恳求下

都要留下来
在今晚把新的歌声练习

不再有伤痛　不再有虚无
爱上一个人如同凝视一口井
它的幽深和美丽让我在战栗中
越陷越深，越来越丰富

艳歌

最艳的歌　最为朴素
在你舞步的跳跃中被推向热情
将你拥入怀中
我已可以唱出
比黎明更嘹亮的歌声
比玻璃还透明
比火还热烈
比镜子还真实
而这将是最终的归宿：你
我像无法重复一次花朵的开放
无法把最高的呼喊
化为寂静

最渴望的心　最为平静
在深夜的写作中
每个字都是燧石
它的堆砌
就是我为你的生长
是对你的依恋的增值
我当然会不停地用钢笔去挖掘
既然它同样是锄头
我会用它去挖出诗句

挖出文章　挖出我自己的秘密
这个秘密就是：
你是我的唯一

你的跳跃

你的跳跃
在一瞬间就停在了半空
而其实你早已经落下了
这是记忆的功能

它具有定格美
定格你最生动的部分
让你的动作
成为强光中的闪亮点

跳跃是连续的
而我的眼睛让你的跳跃
循环发生　因此你没有跳跃
在静止的空间中你已获得了永恒

跳吧　跳吧
你像一只
飞速掠过水面的燕子
创造了不断扩展的水纹

这是我的舞蹈演员
只为我一人表演
就像塔尖上的风
被我看见了，就消失得无影无踪

一种声音

你是一种声音
在暗影中呼唤我
又像一只鸟
用风拍打我的肩膀

实际上你像一只凤蝶
落入了微风乍起的湖面
浪花掀起
如同晶莹洁白的盐

你的目光中藏着秘密
模糊，暧昧，朦胧，游移
在你的身后是缄默的梯田
玉米、小麦混合着荆棘

你仿佛是突然出现的隧道出口
这是我朝思暮想的一刻
也正是我丢失了的前景
而我也是你期待已久的那个人

火的中心

我们住在火的中心
也在水的深处。从来水火不容
但是我们却相安无事
如同在镜子的两面
都可以照见自己的容颜

我们还可以居住在地平线上
或者在蓝色的海水边
每天都可以迎接阳光初发的弹跳
在你睫毛的尽头
那里欢乐的早晨总是波涛汹涌

我们将敞开门户迎接客人的到来
我们要以面包和清水为生
以牛奶、桃子和美酒为营养
看哪，那些金色的水果
和银色的鱼，多么繁盛

我要依照你的容颜去开垦
同时修剪出植物优美的线条
模仿你的性格，如同积雪下的烈火
那是皮肤下的海洋，那是柔情的风暴
注定使分离推迟，使我们相逢

献诗

这么久了　我为什么没有献上诗篇?
时光流逝中我铭记着
那些为你写诗的夜晚
顿时遥远的波涛和回声
在我的体内浮现

你有一张光明的颜面
使出门的我，在月光下把家思念
在深夜里　我在梦中为你采摘
偶然碰到的世上从未有过的花朵
我也试图偷偷劳动，弥补惹你生气的过失

所有夏天里茂盛生长的力量
一直在支持我们的发展
只要我看着你　我就会眷恋你
一切为你　哪怕操刀
向生活的野兽拼命

夏天的雷声一次次地激励我
生活的洪水淹没了我
我也总是有方向，总是有前方

这是多么美好巨大的一天
就是今天　时间短暂地停了下来

你的声音与形象
眼神与动作都凝固了
在大地上　我当然觉得你最美
你使我寒冷的双手
始终可以摸到火柴

并且扎下根来
无论我跑了多远　我知道
我们都要在天黑之前
雷声之后，大雨停歇
一起回家

对位

你看：
风和树林
云

我说：云

你和我相互靠近
又越来越远

你说：云

没有我和你
只有风和树林
云

勾勒

我时常想象着你穿越的树林
想象着你在昨天的雨帘下奔跑
从树梢滴落的雨珠
一定滋润着你的发梢

我想象你小时候的模样
你长得那么快，
比你的指甲和头发都快
而你对世界的警觉也在飞速增长

我看到了你那年的雪
看到了雪花是怎样
在你的双眸中变成了泪水
丰收的谷物，全都堆积在谷仓

停在屋顶的小鸟在炊烟中取暖
时光由南方而来
天上的云彩
是鱼抛出水面的波浪

在这个季节里
画家在勾勒风景
我在想象着一个完美无缺的世界
足够我们永久地流连

种植

我想在你的鞋子里种上玫瑰
而紫罗兰从你的耳朵上长出

我在漫天的大雪中奔跑
降临在我身上的雪，白如白昼

我在残片中拼读你温柔的话语
我很费力，时而有陌生的笔迹

我的只言片语闯进了你的字里行间
我的黑夜混进了你的头发

我在你的鞋子里种上紫罗兰
而玫瑰从你的嘴唇上长出

阴影

我走开了
把你留在一片黑暗中

我回来了
看见你在一片阴影中

你走开了
把我留在一片黑暗中

你不再回来
我本身成为阴影

静物

你纯然的蓝，透着淡绿
让浮躁变得徒劳。你从明媚到忧伤
中间是消失的花朵，我看不见的花朵
而你安静的玻璃瓶上，虔诚的手刚刚拿开
在一片喧哗中，让追求者全部沉默

而你黎明般的面容里
有你内心真正的颜色
时光早已经将你仔细地琢磨和打量
只要有一缕光线，就可以改变你的犹豫
进入你宽柔的内心之海

从看见到看不见，中间曾经是空虚
是风，是风中你眼睛里的果实
而在火中最终冷却的是玻璃
玻璃上有你的指纹，如同花朵是季节的馈赠
在等待中，不要把自己耽搁

静物。飞鸟在瞬间停留于翅膀
我在时光永恒的长河里口衔牡丹
乘坐梅花，靠近你的花床
把你的时光雕刻成水晶
这水晶守护着你全部的秘密，和唯一的婚姻

虚空中的幻影

我常常会在一些时候突然
回到我们过去的生活中
我常常会在瞬间
进入到我们共有的记忆
在那里，时间闪闪发亮
到处都是沙滩和贝壳
遥远的光在召唤
我们年轻而没有忧愁
我们忘记了生活的烦恼
并一起漫步
我常常会在一阵感伤中
陷入沉思，陷入孤独
虽然我依旧可以看到你
在虚空中的幻影
但是，你已经逐渐远去
成为被时间漫漶的水
浸润我的灵魂
我常常觉得我们还在一起
一起读书，休息
发呆，看电视
逛商场，在大自然的景色中
如同这人世间的一切
都是虚空中的幻影

空白

看不见你，在我的身边有空白
空白感过去没有，过去是踏实的存在

空白有时候是好的，有时候并不好
空白　就是不存在

就是你已经离开了
我呼唤你，你也不再回来

空白，是虚空，是空虚
是空，是白，是无色

同时还是痛楚的满
空就是满，是痛苦的满

重量的存在感

你靠着我的肩膀
班车的颠簸使你疲倦
你自然地把脸庞
靠在我的肩膀

你靠着我的肩膀
使我感到了力量
我肩膀的弧度
支撑着你的脸庞。

甜美的微笑
浮现在你的眼角
假寐中展露出安详
你靠着我的肩膀。

车子又一颠簸
你张开眼四下张望
我看见你的脸庞
离开了我的肩膀。

多少年过去，你的脸庞
还停留在我的肩膀边上
那里一直有着你的脸庞
我感到了你的重量。

牵挂

不管我走到哪里
你都是我的牵挂
不管你走到哪里
我照样把你牵挂

这是一种深厚的感情
超越了具体的形式
也是感情的积累
变成了固定的凝视

你肯定是我的牵挂
我无法推卸和拒绝
解脱和告别，只能是死亡
把我们先后从世上收走

但这并不妨碍我牵挂你
牵挂你的冷暖和平安
这是很具体的感情
包围了我的心境

我希望所有我爱的人
都要生活美好和幸福

还要感到明媚的日子
每天在身边和内心闪耀

不管我走在哪里
你总是重叠在我的心里
重现在往昔的灰烬里
成为点燃时光的燧石

后记

收录在这本诗集里的诗，从写作的时间跨度上来说有三十多年，从我十多岁一直写到了四十多岁，而诗对于我更是心灵的镜子，是瞬间情绪和生命状态的定格，就是“此刻”的状态，而每个“此刻”都将成为过往，那么，所有的“此刻”留下的诗篇，就成了往昔的岁月见证，对于我有着很多的纪念意义。

这么长的创作时间的跨度，写下了这些和情感有关的诗篇，我在阅读校样的时候，常常能够透过时间的帷幕，看到那个在往昔的“此刻”写诗的我。

我也重新看到了我自己拥有着一颗赤子之心，如何青春勃发，灼烧着、默然着、激越着，忧郁和狂躁、甜美和欢笑、憧憬和痴傻、沮丧和满足。那是生命的一帧帧的留影，组成了岁月长河的浪花。浪花注定要消逝，而诗却见证了生命拔节的过程。

这些诗篇，在诗艺上也受到了多重的影响，浪漫主义的，超现实主义的，当代汉语诗歌的，后期象征主义的，隐逸派的，后现代主义的以及中国古典诗歌的各种影响。

当语言和生命相遇，产生了诗篇，这些诗经过传播，经过了发表、出版、朗诵，渐渐会脱离诗人本身，变成一种客体的存在，不再是诗人自己的私有物，而是成为离散开来的语言的结晶，为读到这些诗的读者所共有。

因为，当这些诗唤醒了读者的自身经验的时候，诗就属于了你。这就是我们读诗的奇妙之处。这也是诗歌存在的奇妙之处。

诗是语言和生命的相遇，也是语言和世界的相遇。和世界相遇的时候就是和千万人相遇，和万事万物相遇，这更是诗的美妙之处。

但这些诗是我写的，那就首先和我相遇了。我编选这些诗篇中，再次看到了我的内心风景，虽然我已经长成了一个略带沧桑、蒙尘蒙垢的中年人，但是，诗歌却使我保持了赤子之心和少壮之身，乃至甚或还有一颗少年的不羁灵魂。

因此，我从来都没有停止写诗，一个字一个字地，我用笔写在白纸上和一些笔记本里，就是因为这些诗和我自己的不断变成往昔的“此刻”相遇，并最终构成了我自己的诗人形象。

图书在版编目（CIP）数据

编织蓝色星球的大海 / 邱华栋著 . -- 天津：百花文艺出版社，2021.3
（中国好诗 . 第六季）
ISBN 978-7-5306-8015-5

Ⅰ. ①编… Ⅱ. ①邱… Ⅲ. ①诗集—中国—当代 Ⅳ. ①I227

中国版本图书馆 CIP 数据核字(2020)第 251071 号

编织蓝色星球的大海
BIANZHI LANSE XINGQIU DE DAHAI
邱华栋 著

出 版 人：薛印胜
特约策划：彭明榜
选题策划：刘 勇 **责任编辑**：李文静
装帧设计：孙 初 申 祺
出版发行：百花文艺出版社
地址：天津市和平区西康路 35 号 **邮编**：300051
电话传真：+86-22-23332651（发行部）
+86-22-23332656（总编室）
+86-22-23332478（邮购部）
网址：http://www.baihuawenyi.com
印刷：北京精彩世纪印刷科技有限公司
开本：889×1194 毫米 1/32
字数：122 千字
印张：7
版次：2021 年 3 月第 1 版
印次：2021 年 3 月第 1 次印刷
定价：50.00 元

如有印装质量问题，请与北京精彩世纪印刷科技有限公司联系调换
地址：北京市海淀区学院路 5 号 768 创意园 D 座 06 号
电话：(010)82423131 邮编：100082